JN307492

生れ出づる悩み

有島武郎

集英社文庫

◎目次

生れ出づる悩み 5
ブックガイド 115
年譜 140
文学散歩ガイド 146
ブックリンク 156

生れ出づる悩み

一

私は自分の仕事を神聖なものにしようとしていた。ねじ曲ろうとする自分の心をひっぱたいて、できるだけ伸び伸びした真直《まっすぐ》な明るい世界に出て、そこに自分の芸術の宮殿を築き上げようと藻掻《もが》いていた。それは私に取ってどれほど喜ばしい事だったろう。と同時にどれほど苦しい事だったろう。私の心の奥底には確かに――凡《すべ》ての人の心の奥底にあるのと同様な――火が燃えてはいたけれども、その火を熕《いぶ》らそうとする塵芥《ちりあくた》の堆積はまたひどいものだった。かき除《の》けてもかき除けても容易に火の燃え立って来ないような瞬間には私は惨《みじ》めだった。私は、机の向うに開かれた窓から、冬が来て雪に埋もれて行く一面の畑を見わたしながら、滞《とどこお》りがちな筆を叱りつけ叱りつけ運ばそうとしていた。

寒い。原稿紙の手ざわりは氷のようだった。

陽はずんずん暮れて行くのだった。灰色から鼠色に、鼠色から墨色にぼかされた大きな紙を眼の前にかけて、上から下へと一気に視線を落して行く時に感ずるような速さで、昼の光は夜の闇に変わって行こうとしていた。午後になったと思う間もなく、どんどん暮れかかる北海道の冬を知らないものには、日が逸早《いちはや》く蝕《むしば》まれるこの気味悪い淋しさは想像がつくまい。*ニセコアンの丘陵の裂け目から驀地《まつしぐら》にこの高原の畑地を眼がけて吹きおろして来る風は、割合に粒の大きい軽やかな初冬の雪片を煽《あお》り立て煽り立て横ざまに舞い飛ばした。雪片は暮れ残った光の迷子のように、ちかちかした印象を見る人の眼に与えながら、悪戯者らしく散々飛び廻った元気にも似ず、降りたまった積雪の上に落ちるや否や、寒い薄紫の死を死んでしまう。ただ窓に来てあたる雪片だけがさらさらさらさらとささやかに音を立てるばかりで、他の凡ての奴らは残らず唖だ。快活らしい白い唖の群れの舞踏――それは見る人を涙ぐませる。

私は淋しさの余り筆をとめて窓の外を眺めて見た。そして君の事を思った。

二

私が君に始めて会ったのは、私がまだ札幌に住んでいる頃だった。私の借りた家は札幌の町端《まちはず》れを流れる豊平川《とよひらがわ》という川の右岸にあった。その家は堤の下の一町歩ほどもある大きな林檎園《りんごえん》の中に建ててあった。

　そこに或る日の午後君は尋ねて来たのだった。君は少し不機嫌そうな、口の重い、疳《かん》で脊丈《せた》けが伸びきらないといったような少年だった。汚い中学校の制服の立襟のホックをうるさそうに外したままにしていた、それが妙な事には殊にはっきりと私の記憶に残っている。

　君は座につくとぶっきらぼうに自分の描いた画《え》を見てもらいたいといい出した。君は片手では抱えきれないほど油絵や水彩画を持ちこんで来ていた。君は自分自身を平気で虐《しいた》げる人のように、風呂敷包みの中から乱暴に幾枚かの画を引き抜いて私の前に置いた。そしてじっと探るように私の顔を見詰めた。明らさまにいうと、その時私は君をいやに高慢ちきな若者だと思った。そして君の方には顔も向けないで、拠《よんどころ》なく差し出された画を取り上げて見た。

私は一眼《ひとめ》見て驚かずにはいられなかった。少しの修練も経てはいないらしい幼稚な技巧ではあったけれども、その中には不思議に力が籠っていてそれが直ぐ私を襲ったからだ。私は画面から眼を放してもう一度君を見直さないではいられなくなった。でそうした。その時、君は不安らしいそのくせ意地張りな眼付きをしてやはり私を見続けていた。

「どうでしょう。それなんかは下らない出来だけれども」

そう君は如何《いか》にも自分の仕事を軽蔑するようにいった。もう一度明らさまにいうが、私は一方で君の画に喜ばしい驚きを感じながらも、いかにも思い昂《あが》ったような君の物腰には一種の反感を覚えて、ちょっと皮肉でもいってみたくなった。「下らない出来がこれほどなら、会心の作というのは大したものでしょうね」とかなんとか。

しかし私は幸《さいわい》にも咄嗟《とっさ》にそんな言葉で自分を穢《けが》す事を遁《のが》れたのだった。それは私の心が美しかったからではない。君の画が何といっても君自身に対する私の反感に打勝って私に迫っていたからだ。

君がその時持って来た画の中で今でも私の心の底にまざまざと残っている一枚がある。それは八号のカンバスに描かれたもので、軽川《かるがわ》あたりの泥炭地を写したと覚しい晩秋の風景画だった。荒涼と見わたす限りに連なった地平線の低い葦原《あしはら》を一面に蔽《おお》う霙雲《みぞれぐも》の隙間から、午後の日がかすかに漏れて、それが、草の中からたった二本ひょろひょろと生い伸びた白樺の白い樹皮を力弱く照らしていた。単色を含んで来た筆の穂が不器用に画布にたたきつけられて、そのまま、けし飛んだような手荒な筆触で、自然の中には決して存在しないといわれる純白の色さえ他の色と練り合わされずに、そのままべとりとなすりつけてあったりしたが、それでもじっと見ていると、そこには作者の鋭敏な色感が存分に窺《うかが》われた。そればかりか、その画が与える全体の効果にもしっかりと纏《まと》まった気分が行きわたっていた。悒鬱《ゆううつ》——十六、七の少年には哺《はぐ》めそうもない重い悒鬱を、見る者は直ぐ感ずる事ができた。

「大変いいじゃありませんか」

画に対して素直《すなお》になった私の心は、私にこういわさないではおかなかった。

それを聞くと君は心持ち顔を赤くした——と私は思った。すぐ次ぎの瞬間に来ると、君はしかし私を疑うような、自分を冷笑《あざわら》うような冷やかな表情をして、暫《しば》らくの間私と画とを等分に見較べていたが、ふいと庭の方へ顔を背けてしまった。それは人を馬鹿にした仕打ちとも思えば思われない事はなかった。二人は気まずく黙りこくってしまった。私は所在なさに黙ったまま画を眺めつづけていた。

「そいつはどこんな所が悪いんです」

突然また君の無愛相な声がした。私は今までの妙にちぐはぐになった気分から、ちょっと自分の意見をずばずばといい出す気にはなれないでいた。しかし改めて君の顔を見ると、いわさないじゃ置かないぞといったような真剣さが現われていた。少しでも間に合わせをいおうものなら軽蔑してやるぞといったような鋭さが見えた。好《よ》し、それじゃ存分にいってやろうと私もとうとう本統《ほんとう》に腰を据えてかかるようにされていた。

その時私が口に任せてどんな生意気をいったかは幸いな事に今は大方忘れてしまっている。しかしとにかく悪口としては技巧が非常に危《あぶな》かしい事、自然の見方が不親切な事、モティブが耽情的《たんじょうてき》過ぎる事などを列《なら》べたに違いない。君は黙ったまままじまじと眼を光らせながら、私のいう事を聴いていた。私がいいたい事だけをあけすけにいってしまうと、君は暫らく黙りつづけていたが、やがて口の隅だけに始めて笑いらしいものを漏らした。それがまた普通の微笑とも皮肉な痙攣《けいれん》とも思いなされた。

それから二人はまた二十分ほど黙ったままで向い合って坐りつづけた。

「じゃまた持って来ますから見て下さい。今度はもっといいものを描いて来ます」

その沈黙の後で、君が腰を浮かせながらいったこれだけの言葉はまた僕を驚かせた。まるで別な、初《うぶ》な、素直な子供でもいったような無邪気な明るい声だったから。

不思議なものは人の心の働きだ。この声一つだった。この声一つが君と私とを堅く結びつけてしまったのだった。私は結局君を色々に邪推した事を悔いながらやさしく尋ねた。

「君は学校はどこです」

「東京です」

「東京？　それじゃもう始っているんじゃないか」

「ええ」

「何故帰らないんです」

「どうしても落第点しか取れない学科があるんでいやになったんです。……それから少し都合もあって」

「君は画をやる気なんですか」

「やれるでしょうか」

そういった時、君はまた前と同様な強情らしい人に迫るような顔付きになった。私もそれに対してなんと答えようもなかった。専門家でもない私が、五、六枚の画を見ただけで、その少年の未来の運命全体をどうして大胆にも決定的にいいきる事ができよう。少年の思い入ったような態度を見るにつけ、私には凡《すべ》てが恐ろしかった。私は黙っていた。

「僕はその中《うち》郷里に——郷里は岩内《いわない》です——帰ります。岩内のそばに硫黄《いおう》を掘出している所があるんです。その景色を僕は夢にまで見ます。その画を作り上げて送りますから見て下さい。……画が好きなんだけれども、下手だから駄目です」

私の答えないのを見て、君は自分をたしなめるように堅い淋しい調子でこういった。そして私の眼の前に取り出した何枚かの作品を目茶苦茶に風呂敷に包みこんで帰って行ってしまった。

君を木戸の所まで送り出してから、私は独りで手広い林檎畑の中を歩きまわった。林檎の枝は熟した果実でたわわになっていた。或る樹などは葉がすっかり散り尽して、赤々とした果実だけが真裸で累々《るいるい》と日にさらされていた。それは快く空の晴れわたった小春日和《こはるびより》の一日だった。私の庭下駄に踏まれた落葉は乾いた音をたてて微塵《みじん》に押しひしゃがれた。豊満の淋しさというようなものが空気の中にしんみりと漂っていた。ちょうどその頃は、私も生活のある一つの岐路に立って疑い迷っていた時だった。私は冬を眼の前に控えた自然の前に幾度も知らず知らず棒立ちになって、君の事と自分の事とをまぜこぜに考えた。

とにかく君は妙に力強い印象を私に残して、私から姿を消してしまったのだ。

その後君からは一度か二度問合せか何かの手紙が来たきりでぱったり消息が途絶えてしまった。岩内から来たという人などに遡《あ》うと、私はよくその港にこういう名前の青年はいないか、その人を知らないかなぞと尋ねてみたが、更らに手がかりは得られなかった。硫黄採掘場《さいくつば》の風景画もとうとう私の手許《てもと》には届いて来なかった。

こうして二年三年と月日がたった。そしてどうかした拍子に君の事を思い出すと、私は人生の旅路の淋しさを味った。一度とにかく顔を合わせて、ある程度まで心を触れ合った同志が、一旦別れたが最後、同じこの地球の上に呼吸しながら、未来永劫またと邂逅《めぐりあわ》ない……それはなんという不思議な、淋しい、恐ろしい事だ。人とはいうまい、犬とでも、花とでも、塵《ちり》とでもだ。孤独に親しみやすいくせに、どこか殉情的で人なつっこい私の心は、どうかした拍子に、このやむをえない人間の運命をしみじみと感じて深い悒鬱に襲われる。君も多くの人の中で私にそんな心持ちを起させる一人だった。

しかも浅はかな私ら人間は猿と同様に物忘れする。四年五年という歳月は君の記憶を私の心から奇麗に拭《ぬぐ》い取ってしまおうとしていたのだ。君は段々私の意識の閾《しきい》を踏み越えて、潜在意識の奥底に隠れてしまおうとしていたのだ。

この短かからぬ時間は私の身の上にも私相当の変化を牽起《ひきおこ》していた。私は足かけ八年住み慣れた札幌――極《ごく》手短かにいっても、そこで私の上にも色々な出来事が湧き上った。妻も迎えた。三人の子の父ともなった。永い間の信仰から離れて教会とも縁を切った。それまでやっていた仕事に段々失望を感じ始めた。新しい生活の芽が周囲の拒絶をも無《な》みして、そろそろと芽ぐみをかけていた。私の眼の前の生活の道にはおぼろげながら気味悪い不幸の雲が蔽いかかろうとしていた。私は始終私自身の力を信じていいのか疑わねばならぬかの二筋道に迷いぬいた――を去って、私には物足らない都会生活が始まった。そして眼にあまる不幸のつぎつぎに足許からまくし上るのを手を拱《こまね》いてじっと眺めねばならなかった。心の中に起ったそんな危機の中で、私は捨て身になって、見も知らぬ新らしい世界に乗り出す事を余儀なくされた。それは文学者としての生活だった。私は今度こそは全く独りで歩かねばならぬと決心の臍《ほぞ》を堅めた。またこの道に踏み込んだ以上は、できてもできなくても人類の意志と取組む覚悟をしなければならなかった。私は始終自分の力量に疑いを感じ通しながら原稿紙に臨んだ。人々が寝入って後、草も木も寝入って後、独り目覚めてしんとした夜の寂寞《せきばく》の中に、万年筆のペン先きが紙にきしり込む音だけを聞きながら、私は神がかりのように夢中になって筆を運ばしている事もあった。私の周囲には亡霊のような魂がひしめいて、紙の中に生れ出ようと苦しみあせっているのをはっきりと感じた事もあった。そんな時気がついてみると、私の眼は感激の涙に漂っていた。芸術に溺れたものでなくって、そういう時のエクスタシーを誰れが味い得よう。しかし私の心が痛ましく裂け乱れて、純一な気持ちがどこの隅にも見つけられない時の淋しさはまたなんと例えようもない。その時私は全く一塊の物質に過ぎない。私にはなんにも残されない。私は自分の文学者である事を疑ってしまう。文学者が文学者である事を疑うほど、世に空虚な頼りないものがまたとあろうか。そういう時に彼れは明らかに生命から見放なされてしまっているのだ。こんな瞬間に限っていつでも決ったように私の念頭に浮ぶのは君のあの時の面影だった。自分を信じていいのか悪いのかを決しかねて、逞《たく》ましい意志と冷刻な批評とが互に衷《うち》に戦って、思わず知らず凡てのものに向って敵意を含んだ君のあの面影だった。私は筆を捨てて椅子《いす》から立ち上り、部屋の中を歩き廻りながら自分につぶやくようにいった。

「あの少年はどうなったろう。道を踏み迷わないでいてくれ。自分を誇大して取り返しのつかない死出の旅をしないでいてくれ。もし彼れに独自の道を切り開いて行く天稟《てんぴん》がないのなら、万望《どうか》正直な勤勉な凡人として一生を終ってくれ。もうこの苦しみは俺《お》れ一人だけで沢山だ」

ところが去年の十月――といえば、川岸の家で偶然君というものを知ってからちょうど十年目だ――のある日、雨のしょぼしょぼと降っている午後に一封の小包が私の手許に届いた。女中がそれを持って来た時、私は干魚が送られたと思ったほど部屋の中が生臭くなった。包みの油紙は雨水と泥とでひどく汚れていて、差出人の名前が漸《ようや》くの事で読めるくらいだったが、そこに記された姓名を私は誰れともはっきり思い出すことができなかった。ともかくもと思って私はナイフで頑丈な渋《しぶ》びきの麻糸を切りほごしにかかった。油紙を一皮めくるとその中にまた麻糸で堅く結《ゆわ》えた油紙の包みがあった。それをほごすとまた油紙で包んであった。ちょっと腹の立つほど念の入った包み方で、百合根《ゆりね》を剝《は》がすように一枚一枚むいて行くと、ようやく幾枚もの新聞紙の中から、手垢《てあか》でよごれきった手製のスケッチ帖が三冊、きりきりと棒のように巻き上げられたのが出て来た。私は小気味悪い魚の匂《におい》を始終気にしながらその手帖を拡げて見た。

それはどれも鉛筆で描かれたスケッチ帖だった。そしてどれにも山と樹木ばかりが描かれてあった。私は一眼見ると、それが明らかに北海道の風景である事を知った。のみならず、それは明らかに本統の芸術家のみが見得る、そして描き得る深刻な自然の肖像画だった。

「やっつけたな！」咄嗟に私は少年のままの君の面影を心一杯に描きながら下唇を噛《か》みしめた。そして思わず微笑んだ。白状するが、それがもし小説か戯曲であったら、その時の私の顔には微笑の代りに苦《にが》い嫉妬の色が濃く漲《みなぎ》っていたかもしれない。

その晩になって一封の手紙が君から届いて来た。やはり厚い画学紙に擦《す》り切れた筆で乱雑にこう走り書きがしてあった。

「北海道ハ秋モ晩《オソ》クナリマシタ。野原ハ、毎日ノヨウニツメタイ風ガ吹イテイマス。日頃愛惜シタ樹木ヤ草花ナドガ、イツトハナク落葉シテシマッテイル、秋ハ人ノ心ニ色々ナ事ヲ思ワセマス。

日ニヨリマストアタリノ山々ガ浮キアガッタカト思ワレルクライ空ガ美シイ時ガアリマス。シカシ大テイハ風ト一所ニ雨ガバラバラヤッテ来テ路ヲ悪クシテイルノデス。

昨日スケッチ帖ヲ三冊送リマシタ。イツカあなたニ画ヲ見テモライマシテカラ、故郷デ貧乏漁夫デアル私ハ、毎日忙シイ仕事ト激シイ労働ニ追ワレテイルノデ、ツイ今年マデ画ヲカイテミタカッタノデスガ、ツイ描ケナカッタノデス。今年ノ七月カラ始メテ画用紙ヲトジテ画帖ヲ作リ、鉛筆デ（モノ）ニ向ッテミマシタ。シカシ労働ニ害サレタ手ハ思ウヨウニ自分ノ感力ヲ現ワス事ガデキナイデ困リマス。コンナツマラナイ素描帖ヲ見テ下サイトイウノハ大ヘンツライノデス。シカシ私ハイツワラナイデ始メタ時カラノヲ全部送リマシタ。（中略）私ノ町ノ智的素養ノ幾分ナリトモアル青年デモ、自分トイウモノニツイテ思ヲメグラス人ハ少ナイヨウデス。青年ノ多クハ小サクサカシクオサマッテイルモノカ、ツマラナク時ヲ無為ニ送ッテイマス。デスガ私ハ私ノ故郷ダカラ好キデス。

色々ナモノガ私ノ心ヲオドラセマス。私ノスケッチニ取ルベキ所ノアルモノガアルデショウカ。私ハ何トナクコンナツマラヌモノヲあなたニ見テモラウノガハズカシイノデス。

山ハ色具ヲドッシリ付ケテ、山ガ地上カラ空ヘモレアガッテイルヨウニ描イテミタイモノダト思ッテイマス。私ノスケッチデハ私ノ感ジガドウモ出ナイデコマリマス。私ノ山ハ私ガ実際ニ感ジルヨリモアマリ平面ノヨウデス。樹木モドウモ物体感ニトボシク思ワレマス。色ヲツケテミタラヨカロウト考エテイマスガ、時間ト金ガナイノデ、コンナモノデ腹イセヲシテイルノデス。

私ハ色々ナ構図デ頭ガ一パイニナッテイルノデスガ、何シロマダ描クダケノ腕ガナイヨウデス。御忙シイあなたニコンナ無遠リョヲカケテ大ヘンスマナク思ッテイマス。イツカ御ヒマガアッタラ御教示ヲ願イマス。

十月末」

こう思ったままを書きなぐった手紙がどれほど私を動かしたか、君にはちょっと想像がつくまい。自分が文学者であるだけに、私は他人の書いた文字の中にも真実と虚偽とを直感するかなり鋭い能力が発達している。私は君の手紙を読んでいる中に涙ぐんでしまった。魚臭い油紙と、立派な芸術品であるスケッチ帖と、君の文字との間には一分《いちぶ》の隙もなかった。「感力」という君の造語は立派な内容を持つ言葉として私の胸に響いた。「山ハ色具ヲドッシリツケテ山ガ地上カラ空ヘモレアガッテイルヨウニ描イテミタイ」……山が地上から空にもれあがる……それは素晴らしい自然への肉迫を表現した言葉だ。言葉の中に沁みわたったこの力は、軽く対象を見て過ごす微温な心の、真似にも生み出し得ない調子を持った言葉だ。

「誰れも気もつかず注意も払わない地球の隅っこで、尊い一つの魂が母胎を破り出ようとして苦《くるし》んでいる」

私はそう思ったのだ。そう思うとこの地球というものが急により美しいものに感じられたのだ。そう感ずると何となく涙ぐんでしまったのだ。

その頃私は北海道行きを計画していたが、雑用に紛れて躊躇《ちゅうちょ》する中に寒くなりかけて来たので、もう一層《いっそ》やめようかと思っていた所だった。しかし君のスケッチ帖と手紙とを見ると、ぜひ君に会ってみたくなって、一徹にすぐ旅行の準備にかかった。その日から一週間とたたない十一月の五日には、もう上野駅から青森への直行列車に乗っている私自身を見出した。

札幌での用事を済まして農場に行く前に、私は岩内にあてて君に手紙を出して置いた。農場からはそう遠くもないから、来られるなら来ないか、なるべくならお目に懸《かか》りたいからといって。

農場に着いた日には君は見えなかった。その翌日は朝から雪が降り出した。私は窓の所へ机を持って行って、原稿紙に向って呻吟《しんぎん》しながら心待ちに君を待つのだった。そして渋り勝ちな筆を休ませる間に、今まで書き連らねて来たような過去の回想やら当面の期待やらをつぎつぎに脳裡に浮ましていたのだった。

三

夕闇は段々深かまって行った。事務所をあずかる男が、ランプを持って来たついでに、夜食の膳を運ぼうかと尋ねたが、私はひょっとすると君が来はしないかという心づかいから、わざとそのままにしておいてもらって、またかじりつくように原稿紙に向った。大きな男の姿が部屋からのっそりと消えて行くのを、視覚のはずれに感じて、都会から久しぶりで来てみると、物でも人でも大きくゆったりしているのに、今更ながら一種の圧迫をさえ感ずるのだった。

渋りがちな筆がいくらもはかどらない中に、夕闇はどんどん夜の暗さに代って、窓ガラスの先方《むこう》は雪と闇とのぼんやりした明暗《キヤロスキユロ》になってしまった。自然は何かに気を障《さ》え出したように、夜とともに荒れ始めていた。底力の籠った鈍い空気が、音もなく重苦しく家の外壁に肩をあてがってうんと凭《もた》れかかるのが、畳の上に坐っていてもなんとなく感じられた。自然が粉雪を煽《あお》りたてて、処《ところ》きらわずたたきつけながら、のたうち廻って呻《うめ》き叫ぶその物凄い気配はもう迫っていた。私は窓ガラスに白木綿のカーテンを引いた。自然の暴威をせき止めるために人間が苦心して創り上げたこのみじめな家屋という領土が脆《もろ》く小さく私の周囲に眺めやられた。

　突然ど、ど、ど……という音が――運動が（そういう場合、音と運動との区別はない）天地に起った。さあ始ったと私は二つに折った脊中を思わず立て直した。同時に自然は上歯を下唇にあてがって思いきり長く息《いき》を吹いた。家がぐらぐらと揺れた。地面から跳《おど》り上った雪が二、三度弾みを取っておいて、どっと一気に天に向って、謀反《むほん》でもするように、降りかかって行くあの悲壮な光景が、まざまざと部屋の中にすくんでいる私の想像に浮べられた。駄目だ。待ったところがもう君は来やしない。停車場からの雪道はもう疾《と》うに埋ってしまったに違いないから。私は吹雪《ふぶき》の底にひたりながら、物淋しくそう思って、また机の上に眼を落した。

　筆はますます渋るばかりだった。軽い陣痛のようなものは時々起りはしたが、大切な文字は生れ出てくれなかった。こうして私に取って情けないもどかしい時間が三十分も過ぎた頃だったろう、農場の男がまたのそりと部屋に這入《はい》って来て客来を知らせたのは。私の喜びを君は想像する事ができる。やはり来てくれたのだ。私は直ぐに立って事務室の方へかけつけた。事務室の障子を開けて、二畳敷ほどもある大囲炉裡《おおいろり》の切られた台所に出てみると、そこの土間に、一人の男がまだ靴も脱がずに突立っていた。農場の男も、その男にふさわしく肥って大きな内《か》儀《み》さんも、普通な脊丈けにしか見えないほどその客という男は大きかった。言葉通りの巨人だ。頭からすっぽりと頭巾《ずきん》のついた黒っぽい外套《がいとう》を着て、雪まみれになって、口から白い息気をむらむらと吐き出すその姿は、実際人間という感じを起させないほどだった。子供までがおびえた眼付きをして内儀さんの膝《ひざ》の上に丸まりながら、その男をうろんらしく見詰めていた。

　君ではなかったなと思うと僕は期待に裏切られた失望のために、いらいらしかけていた神経のもどかしい感じが更につのるのを覚えた。

「さ、ま、ずっとこっちにお上りなすって」

　農場の男は僕の客だというのでできるだけ叮嚀《ていねい》にこういって、囲炉裡のそばの煎餅蒲団《せんべいぶとん》を裏返した。

その男はちょっと頭で挨拶して囲炉裡の座に這入って来たが、天井の高いだだっ広い台所に灯された五分心《ごぶしん》のランプと、ちょろちょろと燃える木節《きぶし》の囲炉裡火とは、黒い大きな塊的《マッス》とよりこの男を照さなかった。男がぐっしょり湿った兵隊の古長靴を脱ぐのを待って、私は黙ったまま案内に立った。今はもう、この男によって、無駄な時間がつぶされないように、いやな気分にさせられないようにと心窃《ひそ》かに願いながら。

部屋に這入って二人が座についてから、私は始めて本統にその男を見た。男はぶきっちょうに、それでも四角に下座に坐って、叮嚀に頭を下げた。

「暫《しば》らく」

八畳の座敷に余るような錆《さび》を帯びた太い声がした。

「あなたはどなたですか」

大きな男はちょっときまりが悪そうに汗でしとどになった真赤な額を撫《な》でた。

「木本《きもと》です」

「え、木本君!?」

これが君なのか。私は驚きながら改めてその男をしげしげと見直さなければならなかった。疳《かん》のために脊丈けも伸びきらない、どこか病質にさえ見えた悒鬱《ゆううつ》な少年時代の君の面影はどこにあるのだろう。また落葉松《からまつ》の幹の表皮からあすここに覗《のぞ》き出している針葉の一本をも見逃さずに、愛撫し理解しようとする、スケッチ帖で想像されるような鋭敏な神経の所有者らしい姿はどこにあるのだろう。地《じ》をつぶしてさしこをした厚衣《あつし》を二枚重ね着して、どっしりと落付いた君の坐り形は、私より五寸も高く見えた。筋肉で盛上った肩の上に正しく嵌《は》め込まれた、牡牛《おうし》のように太い頸《くび》に、やや長めな赤銅色《しゃくどういろ》の君の顔は、健康そのもののようにしっかりと乗っていた。筋肉質な君の顔は、どこからどこまで引締っていたが、輪廓の正しい眼鼻立ちの隈々《くまぐま》には、心の中から湧いて出る寛大な微笑の影が、自然に漂っていて、脂肪気《あぶらけ》のない君の容貌をも暖かく見せていた。「なんという無類な完全な若者だろう」。私は心の中でこう感歎した。恋人を君に紹介する男は、深い猜疑《さいぎ》の眼で恋人の心を見守らずにはいられまい。君の与える素晴らしい印象はそんな事まで私に思わせた。

「吹雪《ふぶ》いてひどかったろう」

「なんの。……温《ぬく》くって温くって汗がはあえらく出ました。けんど道が分んねえで困ってると、仕合せよく水車番に遇ったからすぐ知れました。あれは親身《しんみ》な人だっけ」

君の素直な心はすぐ人の心に触れると見える。あの水車番というのは実際この辺で珍らしく心持ちのいい男だ。君は手拭《てぬぐい》を腰から抜いて湯気が立たんばかりに汗になった顔を幾度も押拭《おしぬぐ》った。

夜食の膳が運ばれた。「もう我慢がなんねえ」といって、君は今まで堅くしていた膝を崩して胡坐《あぐら》をかいた。「きちょうめんに坐ることなんぞはあ無《ね》えもんだから」。二人は子供同志のような楽しい心で膳に向った。君の大食は愉快に私を驚かした。食後の茶を飯茶碗に三杯続けさまに飲む人を私は始めて見た。

夜食をすましてから、夜中まで二人の間に取りかわされた楽しい会話を私は今だに同じ楽しさを以《も》って思い出す。戸外ではここを先途《せんど》と嵐が荒れまくっていた。部屋の中ではストーブの向座に胡坐をかいて、癖のように時折り五分刈りの濃い頭の毛を逆さに撫で上げる男惚れのする君の顔が部屋を明るくしていた。君は頑丈な文鎮《おもし》になって小さな部屋を吹雪から守るように見えた。温まるにつれて、君の周囲から蒸《む》れ立つ生臭い魚の香は強く部屋中に籠ったけれども、それは荒い大海を生々しく聯想《れんそう》させるだけで、なんの不愉快な感じも起させなかった。人の感覚というものも気儘《きまま》なものだ。

楽しい会話といった。しかしそれは面白いという意味では勿論《もちろん》ない。何故なればば君はしばしば不器用な言葉の尻を消して、曇った顔をしなければならなかったから。そして私も君の苦しい立場や、自分自身の迷い勝ちな生活を痛感して、暗い心に捕えられねばならなかったから。

その晩君が私に話して聞かしてくれた君のあれからの生活の輪廓を私はここにざっと書き連ねずには置けない。

札幌で君が私を訪れてくれた時、君には東京に遊学すべき途《みち》が絶たれていたのだった。一時北海道の西海岸で、小樽《おたる》をすら凌駕《りょうが》して賑《にぎ》やかになりそうな気勢を見せた岩内港《いわないこう》は、さしたる理由もなく、少しも発展しないばかりか、段々さびれて行くばかりだったので、それにつれて君の一家にも生活の苦しさが加えられて来た。君の父上と兄上と妹とが気を揃えて水入らずにせっせと働くにもかかわらず、そろそろと泥沼の中に滅入り込むような家運の衰勢をどうする事もできなかった。学問というものに興味がなく、従って成績の面白くなかった君が、芸術に捧誓《ほうせい》したい熱意を抱きながら、その淋しくなりまさる古い港に帰る心持ちになったのはそのためだった。そういう事を考え合わすと、あの時君がなんとなく暗い顔付きをして、いらいらしく見えたのがはっきり分るようだ。君は故郷に帰っても、仕事の暇々には、心あてにしている景色でも描く事を、せめては頼みにして札幌を立去って行ったのだろう。

しかし君の家庭が君に待ち設けていたものは、そんな余裕のある生活ではなかった。年のいった父上と、どっちかといえば漁夫としての健康は持ち合わせていない兄上とが、普通の漁夫と少しも変わりのない服装で網をすきながら君の帰りを迎えた時、大きい漁場の持主という風が家の中から根こそぎ無くなっているのを眼のあたりに見やった時、君はそれまでの考えの呑気《のんき》過ぎたのに気がついたに違いない。十分の思慮もせずにこんな生活の渦巻きの中に我れから飛び込んだのを、君の芸術的欲求はどこかで悔《く や》んでいた。その晩磯臭《いそくさ》い空気の籠った部屋の中で、枕にはつきながら、陥穽《おとしあな》にかかった獣のような焦躁《いらだたし》さを感じて、瞼《まぶた》を合わす事ができなかったと君は私に告白した。そうだったろう。その晩一晩だけの君の心持ちを委《くわ》しく考えただけで、私は一つの力強い小品を作り上げる事ができると思う。

しかし親思いで素直な心を持って生まれた君は、君を迎え入れようとする生活から逃れ出る事をしなかったのだ。詰め襟のホックをかけずに着慣れた学校服を脱ぎ捨てて、君は厚衣《あつし》を羽織る身になった。明鯛《すけそう》から鱈《たら》、鱈から鰊《にしん》、鰊から烏賊《いか》というように、四季絶える事のない忙しい漁撈《ぎょろう》の仕事にたずさわりながら、君は一年中かの北海の荒浪や激しい気候と戦って、淋しい漁夫の生活に没頭しなければならなかった。しかも港内に築かれた防波堤が、技師の飛んでもない計算違いから、波を防ぐ代りに、砂をどんどん港内に流し入れる破目《はめ》になってから、船繋《ふながか》りのよかった海岸は見る見る浅瀬に変って、出漁には都合のいい目ぬきの位置にあった君の漁場は廃れ物同様になってしまい、やむなく高い駄賃を出して他人の漁場を使わなければならなくなったのと、北海道第一といわれた鰊の群来《くき》が年々減って行くために、さらぬだに生活の圧迫を感じて来ていた君の家は、親子が気心を揃え力を合わして、命がけに働いても年々貧窮に追い迫られ勝ちになって行った。

親身《しんみ》な、やさしい、そして男らしい心に生れた君は、黙ってこの有様を見て過ごす事はできなくなった。君は君に近いものの生活のために、正しい汗を額に流すのを悔いたり恥じたりしてはいられなくなった。そして君は驀地《まっしぐら》に労働生活の真中心《まっただなか》に乗り出した。寒暑と波濤《はとう》と力業《ちからわざ》と荒くれ男らとの交りは君の筋骨と度胸とを鉄のように鍛え上げた。君はすくすくと大木のように逞ましくなった。

「岩内にも漁夫《りょうし》は多いども腕力《うでぢから》にかけて俺《お》らに叶《かな》うものは一人だっていねえ」

君はあたり前の事をいって聞かせるようにこういった。私の前に坐った君の姿は私にそれを信ぜしめる。

パンのために生活のどん底まで沈みきった十年の月日――それは短いものではない。大抵の人は恐らくその年月の間にそういう生活から跳ね返る力を失ってしまうだろう。世の中を見わたすと、何百万、何千万の人々が、こんな生活にその天授の特異な力を踏みしだかれて、空しく墳墓の草となってしまったろう。それは全く悲しい事だ。そして不条理な事だ。しかし誰れがこの不条理な世相に非難の石を抛《なげう》つ事ができるだろう。これは悲しくも私たちの一人一人が肩の上に脊負わなければならない不条理だ。特異な力を埋め尽してまでも、当面の生活に没頭しなければならない人々に対して、私たちは尊敬に近い同情をすら捧げねばならぬ悲しい人生の事実だ。あるがままの実相だ。

パンのために精力のあらん限りを用い尽さねばならぬ十年——それは短いものではない。それにもかかわらず、君は性格の中に植え込まれた憧憬を一刻も捨てなかったのだ。捨てる事ができなかったのだ。

雨のためとか、風のためとか、一日も安閑としてはいられない漁夫の生活にも、為《な》す事なく日を過さねばならぬ幾日かが、一年の間には偶《たま》に来る。そういう時に、君は一冊のスケッチ帖（小学校用の粗雑な画学紙を不器用に網糸で綴《つづ》ったそれ）と一本の鉛筆とを、魚の鱗《うろこ》や肉片がこびりついたまま、ごわごわに乾いた仕事着の懐《ふとこ》ろにねじ込んで、ぶらりと朝から家を出るのだ。

「遇う人は俺ら事気違いだというんです。けんど俺ら山をじっとこう見ていると、何もかも忘れてしまうです。誰れだったか何かの雑誌で『愛は奪う』というものを書いて、人間が物を愛するのはその物を強奪《ふんだ》くるだといっていたようだが、俺ら山を見ていると、そんな気は起したくも起らないね。山がしっくり俺ら事引ずり込んでしまって、俺らただ呆れて見ているだけです。その心持ちが描いてみたくって、あんな下手なものをやってみるが、から駄目です。あんな山の心持ちを描いた画があらば、見るだけでも見たいもんだが、ありませんね。天気のいい気持ちのいい日にうんと力瘤《ちからこぶ》を入れてやってみたらと思うけんど、暮しも忙《せわ》しいし、やっても俺らにはやっぱり手に余るだろう。色も付けてみたいが、絵具は国に引込む時、絵の好きな友達にくれてしまったから、俺らのような絵にはまた買うのも惜しいし。海を見れば海でいいが、山を見れば山でいい。勿体ないくらいそこいらに素晴らしい好いものがあるんだが、力が足んねえです」

といったりする君の言葉も容子《ようす》も私には忘れる事のできないものになった。その時は胡坐にした両脛《りょうすね》を手でつぶれそうに堅く握って、胸に余る昂奮《こうふん》を静かな太い声でおとなしくいい現わそうとしていた。

私どもが一時過ぎまで語り合って寝床に這入って後も、吹きまく吹雪は露ほども力をゆるめなかった。君は君で、私は私で、妙に寝つかれない一夜だった。踏まれても踏まれても、自然が与えた美妙《びみょう》な優しい心を失わない、失い得ない君の事を思った。仁王のような逞ましい君の肉体に、少女のように敏感な魂を見出すのは、この上なく美しい事に私には思えた。君一人が人生の生活というものを明るくしているようにさえ思えた。そして私は段々私の仕事の事を考えた。どんなに藻掻《もが》いてみてもまだまだ本統に自分の所有を見出す事ができないで、ややもするとこじれた反抗や敵愾心《てきがいしん》から一時的な満足を求めたり、生活を歪んで見る事に興味を得ようとしたりする心の貧しさ――それが私を無念がらせた。そしてその夜は、君のいかにも自然な大きな成長と、その成長に対して君が持つ無意識な謙譲と執着とが私の心に強い感激を起させた。

次ぎの日の朝、こうしてはいられないといって、君は嵐の中に帰り仕度《じたく》をした。農場の男たちすらもう少し空模様を見てからにしろと強いて止めるのも聞かず、君は素足にかちんかちんに凍った兵隊長靴をはいて、黒い外套をしっかり着こんで土間に立った。北国の冬の日暮しには殊更《ことさら》客がなつかしまれるものだ。名残を心から惜《お》しんでだろう、農場の人たちも親身にかれこれと君を労《いたわ》った。すっかり頭巾を被って、十二分に身仕度をしてから出懸けたらいいだろうとみんなが寄って勧めたけれども、君は素朴な憚《はばか》りから帽子も被らずに、重々しい口調で別れの挨拶をすますと、ガラス戸を引開けて戸外に出た。

私はガラス窓をこづいて、外面に降り積んだ雪を落しながら、吹き溜《たま》った真白な雪の中をこいで行く君を見送った。君の黒い姿は――やはり頭巾は被らないままで、頭をむき出しにして雪になぶらせた――君の黒い姿は、白い地面に腰まで埋って、あるいは濃く、あるいは薄く、縞《しま》になって横降りに降りしきる雪の中を、ただ一人段々遠ざかって、とうとう霞《かす》んで見えなくなってしまった。

そして君に取り残された事務所は、君の来る前のような単調な淋しさと降りつむ雪とに閉じこめられてしまった。

私がそこを発《た》って東京に帰ったのは、それから三、四日後の事だった。

四

今は東京の冬も過ぎて、梅が咲き椿が咲くようになった。太陽の生み出す慈愛の光を、地面は胸を張り拡げて吸い込んでいる。君の住む岩内《いわない》の港の水は、まだ流れこむ雪解《ゆきどけ》の水に薄濁るほどにもなってはいまい。鋼鉄を水で溶かしたような海面が、ややもすると角立った波を挙げて、岸を目がけて終日攻めよせているだろう。それにしてももう老いさらぼえた雪道を器用に拾いながら、金魚売りが天秤棒を担って、無理にも春を喚《よ》び覚ますような売声《うりごえ》を立てる季節にはなったろう。浜には津軽や秋田辺から集って来た旅雁《りょがん》のような漁夫たちが、鰊《にしん》の建網《たてあみ》の修繕をしたり、大釜の据え付けをしたりして、黒ずんだ自然の中に、毛布の甲《こう》がけや外套のけばけばしい赤色を播《ま》き散らす季節にはなったろう。この頃私はまた妙に君を思い出す。君の張り切った生活の有様を頭に描く。君はまざまざと私の想像の視野に現われ出て来て、見るように君の生活とその周囲とを私に見せてくれる。芸術家に取っては夢と現《うつつ》との閾《しきい》はないといっていい。彼れは現実を見ながら眠っている事がある。夢を見ながら眼を見開いている事がある。私が私の想像にまかせて、ここに君の姿を写し出してみる事を君は拒むだろうか。私の鈍い頭にも同感というものの力がどのくらい働き得るかを私は自分で試してみたいのだ。君の寛大はそれを許してくれる事と私はきめてかかろう。

君を思い出すにつけて、私の頭にすぐ浮び出て来るのは、なんといっても淋しく物すさまじい北海道の冬の光景だ。

五

長い冬の夜はまだ明けない。雷電峠《らいでんとうげ》と反対の湾の一角から長く突き出た造り損《そこ》ねの防波堤は、大蛇の亡骸《むくろ》のような真黒い姿を遠く海の面に横《よこた》えて、夜目にも白く見える波濤《はとう》の牙が、小休《おや》みもなくその胴腹に嚙《く》いかかっている。砂浜に繫《もや》われた百艘《そう》近い大和船《やまとせん》は、舳《へさき》を沖の方へ向けて、互にしがみつきながら、長い帆柱《ほばしら》を左右前後に振り立てている。その側に、様々の漁具と弁当のお櫃《ひつ》とを持って集って来た漁夫たちは、言葉少なに物をいい交わしながら、防波堤の上に建てられた組合の天気予報の信号燈を見やっている。暗い闇の中に、白と赤との二つの火が、夜鳥の眼のようにぎらりぎらりと光っている。赤と白との二つ球は、危険警戒を標示する信号だ。船を出すには一番鳥《いちばんがらす》が啼《な》きわたる時刻まで待ってからにしなければならぬ。町の方は寝鎮《ねしず》まって灯一つ見えない。それらの凡《すべ》てを被《おお》いくるめて凍った雲は幕のように空低く懸っている。音を立てないばかりに雲は山の方から沖の方へと絶間《たえま》なく走り続ける。汀《みぎわ》まで雪に埋まった海岸には、見渡せる限り、白波がざぶんざぶん砕けて、風が――空気そのものをかっ浚《さら》ってしまいそうな激しい寒い風が雪に閉された山を吹き、漁夫を吹き、海を吹きまくって、驀地《まっしぐら》に水と空との閉じ目を眼がけて突きぬけて行く。

漁夫たちの群れから少し離れて、一団《ひとかたま》りになったお内儀《かみ》さんたちの脊中から赤子の激しい泣き声が起る。暫《しば》らくしてそれが鎮まると、風の生み出す音の高い不思議な沈黙がまた天と地とに漲《みなぎ》り満ちる。

やや二時間も経ったと思う頃、綾目《あやめ》も知れない闇の中から、硫黄《いおう》ヶ岳《が たけ》の山頂――右肩を聳《そび》やかして、左を撫《な》で肩にした――が雲の産んだ鬼子のように、空中に現われ出る。鈍い土がまだ振り向きもしない中《うち》に、空は逸早《いちはや》くも暁の光を吸い初《そ》めたのだ。

模範船（港内に四、五艘あるのだが、船も大きいし、それに老練な漁夫が乗り込んでいて、他の船に懸引き進退の合図をする）の船頭が頭を鳩《あつ》めて相談をし始める。何処とも知れず、あの昼には気疎《けうと》い羽色を持った烏の声が勇ましく聞こえ出す。漁夫たちの群れもお内儀さんたちの団りも、石のような不動の沈黙から急に生き返って来る。

「出すべ」

そのさざめきの間に、潮で錆《さ》びきった老船頭の幅の広い塩辛声《しおからごえ》が高くこう響く。漁夫たちは力強い鈍さを以て、互に今まで立ち尽していた所を歩み離れて銘々《めいめい》の持ち場につく。お内儀さんたちは右に左に良人《おっと》や兄や情人やを介抱して駈け歩く。今まで陶酔したように他愛もなく波に揺られていた船の艫《とも》には、漁夫たちが膝頭《ひざがしら》まで水に浸って、喚《わめ》き始める。罵《ののし》り騒ぐ声が一としきり聞こえたと思うと、船は 拠《よんどころ》 なさそうに、右に左に揺《ゆら》ぎながら、船首を高く擡《もた》げて波頭を切り開き切り開き、狂い暴れる波打際から離れて行く。最後の高い罵りの声とともに、今までの鈍さに似ず、あらゆる漁夫は猿《ましら》のように船の上に飛び乗っている。ややともすると舳を岸に向けようとする船の中からは、長い竿《さお》が水の中に幾本も突き込まれる。船はやむをえずまた立ち直って沖を眼指《めざ》す。

この出船の時の人々の気組み働きは、誰れにでも激列なアレッグロ*で終る音楽の一片を思い起さすだろう。がやがやと騒ぐ聴衆のような雲や波の擾乱《じょうらん》の中から、漁夫たちの鈍い Largo Pianissimo* ともいうべき運動が起って、それが始めの中は周囲の騒音の中に消されているけれども、段々とその運動は熱情的となり力づいて行って、霊を得たように、漁夫の乗り込んだ船が波を切り波を切り、段々と早くなる一定のテンポを取って沖に乗り出して行く様は、力強い楽手の手で思い存分大胆に奏でられるAllegro molto*を思い出させずには置かぬだろう。凡てのものの緊張した其所《そこ》には、いつでも音楽が生れるものと見える。

船はもう一個の敏活な生き物だ。船縁《ふなべり》からは百足虫《むかで》のように櫓《ろ》の足を出し、艫からは鯨のように舵《かじ》の尾を出して、あの物悲しい北国特有な漁夫の懸声に励まされながら、真暗に襲いかかる波のしぶきを凌《しの》ぎ分けて、沖へ沖へと岸を遠ざかって行く。海岸に一団りになって船を見送る女たちの群れはもう命のない黒い石ころのようにしか見えない。漁夫たちは櫓を漕ぎながら、帆綱を整えながら、浸水《あく》を汲み出しながら、その黒い石ころと、模範船の艫から一の字を引いて怪火《かいか》のように流れる炭火の火の子とを眺めやる。長い鉄の火箸に火の起った炭を挟んで高く挙げると、それが風を喰って盛んに火の子を飛ばすのだ。凡ての船は始終それを目あてにして進退をしなければならない。炭火が一つ挙げられた時には、天候の悪くなる印しと見て船を停め、二つ挙げられた時には安全になった印しとして再び進まねばならぬのだ。暁闇を、物々しく立騒ぐ風と波との中に、海面低く火花を散らしながら青い焔《ほのお》を放って、燃え上り燃えかすれるその光は、幾百人の漁夫たちの命を勝手に支配する運命の手だ。その光が運命の物凄さを以て海の上に長く尾を引きながら消えて行く。

どこからともなく海鳥の群れが、白く長い翼に羽音を立てて風を切りながら、船の上に現われて来る。猫のような声で小さく呼び交わすこの海の沙漠の漂浪者は、さっと落して来て波に腹を撫でさすかと思うと、翼を返えして高く舞い上り、やや暫らく風に逆《さか》ってじっとこたえてから、思い直したように打連れて、小気味《く》よく風に流されて行く。その白い羽根がある瞬間には明るく、ある瞬間には暗らく見え出すと、長い北国の夜もようやく明け離れて行こうとするのだ。夜の闇は暗らく濃く沖の方に追いつめられて、東の空には黎明《れいめい》の新しい光が雲を破り始める。物すさまじい朝焼けだ。過《あやま》って海に落ち込んだ悪魔が、肉付きのいい右の肩だけを波の上に現わしている、その肩のような雷電峠の絶巓《ぜってん》を撫でたり敲《たた》いたりして叢立《むらだ》ち急ぐ嵐雲は、炉に投げ入れられた紫のような光に燃えて、山懐《ふとこ》ろの雪までも透明な藤色に染めてしまう。それにしても明け方のこの暖かい光の色に比べて、なんという寒い空の風だ。長い夜のために冷えきった地球は、今その一番冷たい呼吸を呼吸しているのだ。

私は君を忘れてはならない。もう港を出離れて木の葉のように小さくなった船の中で、君は配縄《はいなわ》の用意をしながら、恐ろしいまでに荘厳なこの日の序幕を眺めているのだ。君の父上は舵座に胡坐《あぐら》をかいて、時々晴雨計を見やりながら、変化の烈しいその頃の天気模様を考えている。海の中から生れて来たような老漁夫の、皺《しわ》にたたまれた鋭い眼は、雲一片の徴《しるし》をさえ見落すまいと注意しながら、顔には木彫のような深い落付きを見せている。君の兄上は、凍って自由にならない手の平を腰のあたりの荒布に擦《こす》りつけて熱を呼び起しながら、帆綱を握って風の向きと早さに応じて帆を立て直している。傭《やと》われた二人の漁夫は二人の漁夫で、二尋《ひろ》置きに本縄から下った針に餌をつけるのに忙《せ》わしい。海の上を見わたすと、港を出てからてんでんばらばらに散らばって、朝の光に白い帆をかがやかした船という船は、等しく沖を眼がけて波を切り開いて走りながら、君の船と同様な仕事にいそしんでいるのだ。

夜が明け離れると海風と陸風との変り目が来て、さすがに荒れがちな北国の冬の海の上も暫らくは穏かになる。やがて瀬は達せられる。君らは水の色を一眼《ひとめ》見たばかりで、海中に突き入った陸地と海そのものの界《さかい》ともいうべき瀬がどう走っているかを直《す》ぐ見て取る事ができる。

帆が下ろされる。勢《いきおい》で走りつづける船足は、舵のために右なり左なりに向け直される。同時に浮標《うき》の附いた配縄の一端が氷のような波の中にざぶんざぶんと投げこまれる。二十五町から三十町に余る長さを持った縄全体が、海上に長々と横たえられるまでには、朝早くから始めても、日が子午線近く来るまでかからねばならないのだ。君らの船は櫓《ろ》に操られて、横波を食いながらしぶしぶ進んで行く。ざぶり……ざぶり……寒気のために比重の高くなった海の水は、凍りかかった油のような重さで、物凄い印度藍《インドあい》の底の方に、雲間を漏れる日光で鈍く光る配縄の餌を呑み込んで行く。

今まで花のような模様を描いて、海面の所々に日光を恵んでいた空が、急にさっと薄曇ると、どこからともなく時雨《しぐれ》のように霰《あられ》が降って来て海面を泡立たす。船と船とは、見る見る薄い糊《のり》のような青白い膜に距《へだ》てられる。君の周囲には小さな白い粒が乾ききった音を立てて、慌《あわ》だしく船板を打つ。君は小賢《こざか》しいこの邪魔者から毛糸の襟巻きで包んだ顔をそむけながら、配縄を丹念に下ろし続ける。

すっと空が明るくなる。霰はどこかへ行ってしまった。そして真青な海面に、漁船は蔭《かげ》になり日向《ひなた》になり、堅い輪廓を描いて、波にもまれながら淋しく漂っている。

機嫌買いな天気は、一日の中に幾度となくこうした顔のしがめ方をする。そして日が西に廻るに従ってこの不機嫌は募って行くばかりだ。

寒暑をかまっていられない漁夫たちも吹きざらしの寒さにはひるまずにはいられない。配縄を投げ終ると、身ぶるいしながら五人の男は、艫座におこされた焜《こん》炉《ろ》の火の囲りに慕い寄って、大きなお櫃《ひつ》から握り飯を鷲掴《わしづか》みに掴み出して喰い貪《むさぼ》る。港を出る時には一かたまりになっていた友船も、今は木の葉のように小さく互々からかけ隔って、心細い弱々しそうな姿を、涯もなく露領に続く海原のここかしこに漂わせている。三里の余も離れた陸地は、高い山々の半腹から上だけを水の上に見せて、降り積んだ雪が、日を受けた所は銀のように、雲の蔭になった所は鉛のように、妙に険しい輪廓を描いている。

漁夫たちは口を食物で頬張らせながら、明日の漁《りょう》の有様や、今日の予想やらをいかにも地味な口調で語り合っている。そういう時に君だけは自分が彼らの間に不思議な異邦人である事に気づく。同じ櫓を操り、同じ帆綱をあつかいながら、なんという悲しい心の距りだろう。押し潰してしまおうと幾度試みても、すぐ後からまくしかかって来る芸術に対する執着をどうすることもできなかった。

とはいえ、飛行機の将校にすらなろうという人の少ない世の中に、生きては人の冒険心をそそって如何《いか》にも雄々しい頼み甲斐ある男と見え、死んでは万人にその英雄的な最後を惜しみ仰がれ、遺族まで生活の保障を与えられる飛行将校にすらなろうという人の少ない世の中に、荒れても晴れても毎日毎日、一命を放《な》げてかかって、緊張しきった終日の労働に、玉の緒で炊き上げたような飯を食って一生を過ごして行かねばならぬ漁夫の生活、それにはいささかも遊戯的な余裕がないだけに、命とかけがえの真実な仕事であるだけに、言葉には現わし得ないほどの尊さと厳粛さとを持っている。ましてや彼らがこの目覚ましい健気《けなげ》な生活を、やむをえぬ、苦しい、しかし当然な正しい生活として、誇りもなく、矯飾《きょうしょく》もなく、不平もなく素直に受け取り、軛《くびき》にかかった輓牛《ひきうし》のような柔順な忍耐と覚悟とを以て、勇ましく迎え入れている、その姿を見ると、君は人間の運命の果敢《はか》なさと美しさとに同時に胸をしめ上げられる。

こんな事を思うにつけて、君の心の眼にはまざまざと難破船の痛ましい光景が浮び出る。君はやはり舵座に坐って他の漁夫と同様に握り飯を食ってはいるが、いつの間にか人々の会話からは遠のいて、物思わしげに黙りこくってしまう。そして果てしもなく回想の迷路を辿《たど》って歩く。

六

それはある年の三月に君が遭遇した苦がい経験の一つだ。模範船からすぐ引き上げろという信号がかかったので、今までも気遣《きづか》いながら仕事を続けていた漁船は、打ち込み打ち込む波濤《はとう》と戦いながら配縄《はいなわ》をたくし上げにかかったけれども、吹き始めた暴風は一秒ごとに募るばかりで、船頭はやむなく配縄を切って捨てさせなければならなくなった。

「またはあ銭《ぜに》こ海さ捨てるだ」

と君の父上は心から歎息してつぶやきながら君に命じて配縄を切ってしまった。

海の上はただ狂い暴れる風と雪と波ばかりだ。縦横に吹きまく風が、思いのままに海をひっぱたくので、つるし上げられるように高まった三角波が互に競って取組み合うと、取組み合っただけの波は忽《たちま》ち真白な泡の山に変じて、その巓《いただき》が風にちぎられながら、すさまじい勢いで目あてもなく倒れかかる。眼も向けられないような濃い雪の群れは、波を追ったり波から遁《のが》れたり、宛《さなが》ら風の怒りを挑む小悪魔のように、面憎《つらにく》く舞いながら右往左往に飛びはねる。吹き落して来た雲のちぎれは、大きな霧のかたまりになって、海とすれすれに波の上を矢よりも早く飛び過ぎて行く。

雪と浸水とで糊よりも滑る船板の上を君は這うようにして舳《へさき》の方へにじり寄り、左の手に友綱《ともづな》の鉄環《かなわ》をしっかりと握って腰を据えながら、右手に磁石をかまえて、大声で船の進路を後ろに伝える。二人の漁夫は大竿《おおざお》を風上になった舷《ふなべり》から二本突き出して動かないように結びつける。船の顚覆《てんぷく》を少しなりとも防ごうためだ。君の兄上は帆綱を握って、舵座《かじざ》にいる父上の合図通りに帆の上げ下げを誤るまいと一心になっている。そしてその間にもしっきりなしに打ち込む浸水を急がしく汲んでは舷から捨てている。命懸けに呼びかわす互々の声は妙に上ずって、風に半分がた消されながら、それでも五人の耳には物凄くも心強くも響いて来る。

「おも舵っ」

「右にかわすだってえば」

「右だ……右だぞっ」

「帆綱をしめろやっ」

「友船は見えねえかよう。いたらくっつけやーい」

どう吹こうかと躊《ためら》っていたような疾風がやがてしっかり方向を定めると、これまでただあてもなく立ち騒いでいたらしく見える三角波は、段々と丘陵のような紆濤《うねり》に変って行った。言葉通りに水平に吹雪く雪の中を、後ろの方から、見上げるような大きな水の堆積が、想像も及ばない早さでひた押しに押して来る。

「来たぞーっ」

緊張しきった五人の心はまた更らに恐ろしい緊張を加えた。眩《まぶ》しいほど早かった船足が急によどんで、後ろに吸い寄せられて、艫《とも》が薄気味悪く持ち上って、船中に置かれた品物ががらがらと音をたてて前にのめり、人々も何かに取りついて腰のすわりを定めなおさなければならなくなった瞬間に、船は一と煽《あお》り煽って、物凄い不動から、奈落《ならく》の底までもと凄《すさま》じい勢で波の背を滑り下った。同時に耳に余る大きな音をたてて、紆濤《うねり》は屛風《びょうぶ》倒しに倒れかかる。湧きかえるような泡の混乱の中に船を揉《も》まれながら行手を見ると、一旦壊れた波はすぐまた物凄い丘陵に立ちかえって、眼の前の空を高くしきりながら、見る見る悪夢のように遠ざかって行く。

ほっと安堵《あんど》の息気をつく隙も与えず、後ろを見ればまた紆濤だ。水の山だ。その時、

「危ねえ」

「ぽきりっ」

というけたたましい声を同時に君は聞いた。そして同時に野獣の敏感さを以て身構えしながら後ろを振り向いた。根許から折れて横倒しに倒れかかる帆柱《ほばしら》と、急に命を失ったように皺になってたたまる帆布と、その蔭から、飛び出しそうに眼をむいて、大きく口を開けた君の兄上の顔とが映った。

君は咄嗟《とっさ》に身をかわして、頭から打ってかかろうとする帆柱から身をかばった。人々は騒ぎ立って櫓を構えようとひしめいた。けれども無二無三な船足の動揺には打ち勝てなかった。帆の自由である限りは金輪際《こんりんざい》船を顚覆させないだけの自信

を持った人たちも、帆を奪い取られては途方に暮れないではいられなかった。船足のとまった船ではもう舵も利かない。船は波の動揺のまにまに勝手放題に荒れ狂った。

第一の紆濤《うねり》、第二の紆濤、第三の紆濤には天運が船を顚覆から庇《かば》ってくれた。しかし特別に大きな第四の紆濤を見た時、船中の人々は観念しなければならなかった。

雪のために薄くぼかされた真黒な大きな山、その頂《いただき》からは、火が燃え立つように、ちらりちらり白い波頭が立っては消え、消えては立ちして、瞬間ごとに高さを増して行った。吹き荒れる風すらがそのために遮《さえぎ》りとめられて、船の周囲には気味の悪い静かさが満ち拡がった。それを見るにつけても波の反対の側をひた押しに押す風の激しさ強さが思いやられた。艫《とも》を波の方へ向ける事も得しないで、力なく漂う船の前まで来ると、波の山は、いきなり、獲物に襲いかかる猛獣のように思いきり脊延びをした。と思うと、波頭は吹きつける風に反りを打って鞺《どう》と崩れこんだ。

はっと思ったその時遅く、君らはもう真白な泡に五体を引きちぎられるほどもまれながら、船底を上にして顚覆した船体にしがみつこうと藻掻《もが》いていた。見ると君の眼の届く所には、君の兄上が頭からずぶ濡れになって、ぬるぬると手がかりのない舷《ふなべり》に手をあてがっては滑り、手をあてがっては滑りしていた。君は大声を揚げて何かいった。兄上も大声を揚げて何かいってるらしかった。しかしお互に大きく口を開くのが見えるだけで、声は少しも聞こえて来ない。

割合に小さな波が後から後から押し寄せて来て、船を揺り上げたり押し卸《おろ》したりした。その度毎《たびごと》に君たちは船との縁を絶たれて、水の中に漂わねばならなかった。そして君は、着込んだ厚《あつ》し衣の芯《しん》まで水が透って鉄のように重いのにもかかわらず、一心不乱に動かす手足と同じほどの忙しさで、眼と鼻くらいの近さに押し逼《せま》った死から遁れ出る道を考えた。心の上澄みは妙におどおどとあわてている割合に、心の底は不思議に気味悪く落ちついていた。それは君自身にすら物凄いほどだった。空といい、海といい、船といい、君の思案といい、一つとして眼あてなく動揺しないものはない中に、君の心の底だけが悪落付《わるおちつ》きに落付いて、「死にはしないぞ」とちゃんと決め込んでいるのがかえって薄気味悪かった。それは「死ぬのがいやだ」「生きていたい」「生きる余席《よせき》のある限りはどうあっても生きなければならぬ」「死にはしないぞ」という本能の論理的結論であったのだ。この恐ろしい盲目な生の事実が、そしてその結論だけが、眼を見据えたように、君の心の底に落付払っていたのだった。

君はこの物凄い無気味な衝動に駆り立てられながら、水船なりにも顚覆した船を裏返えす努力に力を尽した。残る四人の心も君と変りはないと見えて、険しい困苦と戦いながら、四人とも君のいる舷の方へ集って来た。そして申合わしたように、一所に力を合わせて、船の胴腹に這い上るようにしたので、船は一方にかしぎ始めた。

「それ今一息だぞっ」

君の父上が搾りきった生命を声にしたように叫んだ。一同はまた懸命な力を籠めた。

折りよく――全く折りよく、天運だ――その時船の横面に大きな波が浴びせこんで来たので、片方だけに人の重りの加わった船はくるりと裏返った。舷までひたひたと水に埋もれながらもとにかく船は真向きになって水の面に浮び出た。船が裏返る拍子に五人は五人ながら、すっぽりと氷のような海の中にもぐり込みながら、急に勢いづいて船の上に飛び上ろうとした。しかししこたま着込んだ衣服は思うざま濡れ透っていて、ややともすれば人々を波の中に吸い込もうとした。それが一方の舷に取りついて力を籠めればまた顚覆するにきまっている。生死の瀬戸際にはまり込んでいる人々の本能は恐ろしいほど敏捷《びんしょう》な働きをする。五人の中の二人は咄嗟に反対の舷に廻った。そして互に顔を見合わせながら、一度にやっと声をかけ合わせて半身を舷に乗り上げた。足の方を船底に吸い寄せられながらも、半身を水から救い出した人々の顔に現われたなんともいえない緊張した表情――それを君は忘れる事ができない。次の瞬間にはわっと声をあげて男泣きに泣くか、それとも我れを忘れて狂うように笑うか、どちらかをしそうな表情――それを君は忘れる事ができない。

凡《すべ》てこうした懸命な努力は降りしきる雪と、荒れ狂う水と、海面をこすって飛ぶ雲とで表わされる自然の憤怒の中で行われたのだ。怒った自然の前には、人間は塵《ちり》ひとひらにも及ばない。人間などという存在は全く無視されている。それにもかかわらず男たちは頑固に自分たちの存在を主張した。雪も風も波も君たちを考えにいれてはいないのに、君たちは強いてもそれらに君たちを考えさせようとした。

舷を乗り越して奔馬のような波頭がつぎつぎにすり抜けて行く、それに腰まで浸しながら、君たちは船の中に取り残された得物をなんでも構わず取り上げて、それを働かしながら、死から遁るべき一路を切り開こうとした。ある者は櫓を拾いあてた。あるものは船板を、あるものは水柄杓《みずびしゃく》を、あるものは長いたわしの柄を、何ものにも換えがたい武器のようにしっかり握っていた。そして舷から身を乗り出して、子供がするように水を漕いだり、浸水《あく》をかき出したりした。

吹き落ちる気配も見えない嵐は、果てもなく海上を吹きまくる。眼に見える限りはただ波頭ばかりだ。犬のような敏捷《すばや》さで方角を嗅ぎ慣れている漁夫たちも、今は東西の定めようがない。東西南北は一つの鉢の中で擦《す》りまぜたように渾沌《こんとん》としてしまった。

薄い暗黒。天からともなく地からともなく湧き起る大叫喚。外にはなんにもない。

「死にはしないぞ」――そんなはめになってからも、君の心の底は妙に落ち着いて、薄気味悪くこの一事を思いつづけた。

君の傍《かたわら》には一人の若い漁夫がいたが、その右の顳顬《こめかみ》の辺から生々しい色の血が幾条《いくすじ》にもなって流れていた。それだけがはっきり君の眼に映った。「死にはしないぞ」――それを見るにつけても君はまたしみじみとそう思った。

こういう必死な努力が何分続いたのか、何時間続いたのか、時間というもののすっかり無くなってしまったこの世界では少しも分らない。しかしながらとにかく君が何物も納《い》れ得ない心の中に、疲労という感じを覚え出して、これは困った事になったと思った頃だった、突然一人の漁夫が意味の分らない言葉を大きな声で叫んだのは。今までも五人が五人ながら始終何か互に叫び続けていたのだったが、この叫び声は不思議に際立ってみんなの耳に響いた。

残る四人は思わずいい合わせたようにその漁夫の方を向いて、その漁夫が眼をつけている方へ視線を辿って行った。

船！……船！

濃い吹雪の幕のあなたに、さだかには見えないが、波の背《そびら》に乗って四十五度くらいの角度に船首を下に向けながら、帆を一ぱいに開いて、矢よりも早く走って行く一艘の船！

それを見ると何かが君の胸をどきんと下からつき上げて来た。君は思わずすすり泣きでもしたいような心持ちになった。何はさておいても君たちはその船を目懸けて助けを求めながら近寄って行かねばならぬはずだった。余の人たちも君と同様、確かに何物かを眼の前に認めたらしく、奇怪な叫び声を立てた漁夫が、眼を大きく開いて見つめている辺を等しく見つめていた。そのくせ一人として自分らの船をそっちの方へ向けようとしているらしい者はなかった。それを訝《いぶ》かる君自身すら、心がただわくわくと感傷的になりまさるばかりで、急いで働かすべき手はかえって萎《な》えてしまっていた。

白い帆を一ぱいに開いたその船は、依然として船首を下に向けたまま、矢のように走って行く。降りしきる吹雪を隔てた事だから、乗組みの人の数もはっきりとは見えないし、水の上に割合に高く現われている船の胴も、木の色というよりは白堊《はくあ》のような生白さに見えていた。そして不思議な事には、波の腹に乗っても波の背に乗っても、舳《へさき》は依然として下に向いたままである。風の強弱に応じて帆を上げ下げする様子もない。いつまでも眼の前に見えながら、四十五度くらいに船首を下向きにしたまま、矢よりも早く走って行く。

ぎょっとして気がつくと、その船はいつの間にか水から離れていた。波頭から三段も上と思われる辺を船は傾《かし》いだまま矢よりも早く走っている。君の頭はかーんとして竦《すく》み上ってしまった。同時に船は段々大きくぼやけて行った。いつの間にかその胴体は消えてなくなって、ただ真白い帆だけが矢よりも早く動いて行くのが見やられるばかりだ。と思う間もなくその白い大きな帆さえが、降りしきる雪の中に薄れて行って、やがてはかき消すように見えなくなってしまった。怒濤《どとう》。白沫。さっさっと降りしきる雪。眼をかすめて飛び交わす雲の霧。自然の大叫喚……その真中心《まつただなか》に頼りなく揉みさいなまれる君たちの小さな水船……やっぱりそれだけだった。

生死の間にさまよって、疲れながらも緊張しきった神経に起る幻覚《ハルシネーション》だったのだと気がつくと、君は急に一種の薄気味悪さを感じて、力を一度にもぎ取られるように思った。

先ほど奇怪な叫び声を立てたその若い漁夫は、やがて眠るようにおとなしく気を失って、ひょろひょろとよろめくと見る間に、崩れるように胴の間にぶっ倒れてしまった。

漁夫たちは何か魔でもさしたように思わず極度の不安を眼に表わして互に顔を見合わせた。

「死にはしないぞ」

不思議な事にはそのぶっ倒れた男を見るにつけて、また漁夫たちの不安げな容《よう》子《す》を見るにつけて、君は懲《こ》りずまに薄気味悪くそう思いつづけた。

君たちがほんとうに一艘の友船と出喰わしたまでには、どれほどの時間が経っていたろう。しかしとにかく運命は君たちには無関心ではなかったと見える。急に十倍も力を回復したように見えた漁夫たちが、必死になって君たちの船とその船とを繋《つな》ぎ合わせ、半分がた凍ってしまった帆を形ばかりに張り上げて、風の追うままに船を走らせた時には、なんともいえない幸福な感謝の心が、抑えても抑えてもむらむらと胸の先きにこみ上げて来た。

着く処《ところ》に着いてから思い存分の手当てをするから暫《しば》らく我慢してくれと心の中に詫びるようにいいながら、君は若い漁夫を卒倒したまま胴の間の片隅に抱きよせて、すぐ自分の仕事にかかった。

やがて行手の波の上にぼんやりと雷電峠の突角が現われ出した。山脚は海の中に、山頂は雲の中に、山腹は雪の中に揉みに揉まれながら、決して動かないものが始めて君たちの前に現われたのだ。それを見つけた時の漁夫たちの心の勇み……魚が水に遇ったような、野獣が山に放たれたような、太陽が西を見つけ出したようなその喜び……船の中の人たちは思わず足爪立《つまだ》てんばかりに総立ちになった。人々の心までが総立ちになった。

「峠が見えたぞ……北に取れや舵を……隠れ岩さ乗り上げんな……雪崩《なだれ》にも打たせんなよう……」

そういう声がてんでんに人々の口から喚《わめ》かれた。それにしても船はひどく流されていたものだ。雷電峠からは五里も離れた瀬にいたものが、いつの間にかこんな処に来ているのだ。見る見る風と波とに押しやられて船は吸いつけられるように、吹雪の間から真黒に天までそそり立つ断崖に近寄って行くのを、漁夫たちはそうはさせまいと、帆をたて直し、櫓を押して、横波を喰わせながら船を北へと向けて行った。

陸地に近づくと波はなお怒る。鬣《たてがみ》を風に靡《なび》かして暴れる野馬のように、波頭は波の穂になり、波の穂は飛沫になり、飛沫はしぶきになり、しぶきは霧になり、霧はまた真白い波になって、息もつかせず後から後からと山裾《やますそ》に襲いかかって行く。山裾の岩壁に打ちつけた波は、沸《に》えくりかえった熱湯をぶちつけたように、湯気のような白沫を五丈も六丈も高く飛ばして、反りを打ちながら海の中にどっと崩れ込む。

その猛烈な力を感じてか、断崖の出鼻に降り積って、徐々に斜面を辷《すべ》り下って来ていた積雪が、地面との縁《えん》から離れて、すさまじい地響とともに、何百丈《じょう》の高さから一気になだれ落ちる。巓《いただき》を離れた時には一握りの銀末に過ぎない。それが見る見る大きさを増して、隕星《いんせい》のように白い尾を長く引きながら、音も立てずに驀地《まっしぐら》に落して来る。あなやと思う間にそれは何十間にもわたる水晶の大簾《おおすだれ》だ。ど、ど、どどしーん……さあーっ……。広い海面が眼の前で真白な平野になる。山のような五百重《いおえ》の大波は忽《たちま》ち逐《お》い退《の》けられて漣《さざなみ》一つ立たない。どっとそこを目懸けて狂風が四方から吹き起る……その物すさまじさ。

君たちの船は悪鬼に逐い迫られたようにおびえながら、懸命に東北へと舵を取る。磁石のような陸地の吸引力からようよう自由になる事のできた船は、また揺れ動く波の山と戦わねばならぬ。

それでも岩内の港が波の間に隠れたり見えたりし始めると、漁夫たちの力は急に五倍にも十倍にもなった。今までの人数の二倍も乗っているように船は動いた。岸から打上げる目標の烽火《のろし》が紫だって暗黒な空の中でぱっと弾《はじ》けると、鬖々《さんさん》として火花を散らしながら闇の中に消えて行く。それを目懸けて漁夫たちはある限りの櫓を黙ったままでひた漕ぎに漕いだ。その不思議な沈黙が、互に呼び交わす惨《むごたら》しい叫び声よりもかえって力強く人々の胸に響いた。

船が波の上に乗った時には、波打際に集って何か騒ぎ立てている群衆が見やられるまでになった。やがて嵐の間にも大砲のような音が船まで聞こえて来た。と思うと救助縄が空をかける蛇のように曲りくねりながら、船から二、三段距った水の中にざぶりと落ちた。漁夫たちはその方へ船を向けようとひしめいた。第二の爆声が聞こえた。縄は誤たず船に届いた。

二、三人の漁夫がよろけ転びながらその縄の方へ駈け寄った。

音は聞こえずに烽火の火花は間を置いて怪火のように遥かの空にぱっと咲いてはすぐ散って行く。

船は縄に引かれてぐんぐん陸の方へ近寄って行く。水底が浅くなったために無二無三に乱れて立騒ぐ波濤の中を、互にしっかりしがみ合った二艘の船は、半分がた水の中を潜《くぐ》りながら、半死の有様で進んで行った。

君は始めて気がついたように年老いた君の父上の方を振り返って見た。父上は膝から下を水に浸して舵座に坐ったまま、じっと君を見詰めていた。今まで絶えず君と君の兄上とを見詰めていたのだ。そう思うと君はなんともいえない骨肉の愛着にきびしく捕えられてしまった。君の眼には不覚にも熱い涙が浮んで来た。君の父上はそれを見た。

「あなたが助かってよござんした」

「お前が助かってよかった」

両人の眼は咄嗟の間にも互に親しみを籠めてこういい合った。そしてこの嬉しい言葉を語る眼から互々の眼は離れようとしなかった。そうしたままで暫らく過ぎた。

君は満足しきってまた働き始めた。もう眼の前には岩内《いわない》の町が、汚く貧しいながらに、君に取ってはなつかしい岩内の町が、新しく生れ出たままのように立ち列《つらな》っていた。水難救済会の制服を着た人たちが、右往左往に駈け廻る有様もまざまざと眼に映った。

何ともいえない勇ましい新しい力——上潮《あげしお》のように、腹のどん底からむらむらと湧き出して来る新らしい力を感じて、君は「さあ来い」といわんばかりに、櫓をひしげるほど押し摑んだ。そして矢声《やごえ》をかけながら漕ぎ始めた。涙が後から後からと君の頰を伝って流れた。

啞のように今まで黙っていた外の漁夫たちの口からも、やにわに勇ましい懸声が溢れ出て君の声に応じた。櫓は梭《ひ》のように波を切り破って激しく働いた。

岸の人たちが呼びおこす声が君たちの耳にも這入るまでになった。と思うと君は段々夢の中に引き込まれるようなぼんやりした感じに襲われて来た。

君はもう一度君の父上の方を見た。父上は舵座に坐っている。しかしその姿は前のように君に何らの逼った感じを牽起《ひきおこ》させなかった。

やがて船底にじゃりじゃりと砂の触れる音が伝わった。船は滞《とどこお》りなく君が生れ君が育てられたその土の上に引き上げられた。

「死にはしなかったぞ」

と君は思った。同時に君の眼の前は見る見る真暗になった。……君はその後を知らない。

七

君は漁夫たちと膝をならべて、同じ握り飯を口に運びながら、心だけはまるで異邦人のように距《へだた》ってこんなことを想い出す。何という真剣なそして険しい漁夫の生活だろう。人間というものは、生きるためには、厭《い》やでも死の側近くまで行かなければならないのだ。いわば捨身になって、こっちから死に近づいて、死の油断を見すまして、かっぱらいのように生の一片をひったくって逃げて来なければならないのだ。死は知らんふりをしてそれを見やっている。人間は奪い取って来た生をたしなみながらしゃぶるけれども、ほどなくその生はまた尽きて行く。そうするとまた死の眼の色を見すまして、死の方に偸《ぬす》み足で近寄って行く。ある者は死が余り無頓着《むとんじゃく》そうに見えるので、つい気を許して少し大胆に高慢に振舞おうとする。と鬼一口《おにひとくち》だ。もうその人は地の上にはいない。ある者は年とともに生意地がなくなって行って、死の姿がいよいよ恐ろしく眼に映り始める。そしてそれに近寄る冒険を躊躇《ちゅうちょ》する。そうすると死はやおら物憂げな腰を上げて、そろそろとその人に近寄って来る。ガラガラ蛇に見こまれた小鳥のように、その人は逃げも得しないですくんでしまう。次ぎの瞬間にその人はもう地の上にはいない。人の生きて行く姿はそんな風にも思いなされる。実に果敢《はか》ないともなんともいいようがない。その中にも漁夫の生活の激しさは格別だ。彼らは死に対して喧嘩をしかけんばかりの切羽《せっぱ》つまった心持ちで出懸けて行く。陸の上ではなんといっても偽善も弥縫《びほう》もある程度までは通用する。ある意味では必要であるとさえも考えられる。海の上ではそんな事は薬の足しにしたくもない。真裸かな実力と天運ばかりが凡《すべ》ての漁夫の頼みどころだ。その生活はほんとに悲壮だ。彼らがそれを意識せず、生きるという事は凡てこうしたものだと諦《あきら》めをつけて疑いもせず、不平もいわず、自分のために、自分の養わなければならない親や妻や子のために、毎日毎日板子一枚の下は地獄のような境界《きょうがい》に身を放《な》げ出して、せっせと骨身を惜まず働く姿はほんとうに悲壮だ。そして惨《みじ》めだ。なんだって人間というものはこんなしがない苦労をして生きて行かなければならないのだろう。

世の中には、殊に君が少年時代を過ごした都会という所には、毎日毎日安逸な生を食傷するほど貪《むさぼ》って一生夢のように送っている人もある。都会とはいうまい。段々とさびれて行くこの岩内の小さな町にも、二、三百万円の富を祖先から受嗣《うけつ》いで、小樽《おたる》には立派な別宅を構えてそこに妾を住わせ、自分は東京のある高等な学校をともかくも卒業して、話でもさせればそんなに愚鈍にも見えないくせに、一年中これといってする仕事もなく、退屈をまぎらすための行楽に身を任せて、それでも使いきれない精力の余剰を富者の贅沢の一つである肝癪《かんしゃく》に漏らしているのがある。君はその男をよく知っている。小学校時代には教室まで一つだったのだ。それが十年かそこらの年月の間に、二人の生活は恐ろしく懸け隔ってしまったのだ。君はそんな人たちを一度でも羨《うらや》ましいと思った事はない。その人たちの生活の内容の空しさを想像する十分の力を君は持っている。そして彼らが彼らの導くような生活をするのは道理があると合点がゆく。金があって才能が平凡だったら勢いああして僅《わず》かに生の倦怠《けんたい》から遁《のが》れる外《ほか》はあるまいと密かに同情さえされぬではない。その人たちが生に飽満して暮すのはそれでいい、しかし君の周囲にいる人たちが何故あんな恐ろしい生死の境の中から生きる事を僥倖《ぎょうこう》しなければならない運命にあるのだろう。何故彼らはそんな境遇——死ぬ瞬間まで一分の隙を見せずに身構えていなければならないような境遇にいながら、何故生きようとしなければならないのだろう。これは君に不思議な謎のような心地を起させる。ほんとうに生は死よりも不思議だ。

その人たちは他人眼《よそめ》にはどうしても不幸な人たちといわなければならない。しかし君自身の不幸に比べてみると、遥かに幸福だと君は思い入るのだ。彼らにはとにかくそういう生活をする事がそのまま生きる事なのだ。彼らは奇麗さっぱりと諦めをつけて、そういう生活の中に頭からはまり込んでいる。少しも疑ってはいない。それなのに君は絶えずいらいらして、目前の生活を疑い、それに安住する事ができないでいる。君は喜んで君の両親のために、君の家の苦しい生活のために、君の頑丈な力強い肉体と精力とを提供している。君の父上の仮初《かりそ》めの風邪が癒《なお》って、暫《しば》らくぶりで一緒に漁に出て、夕方になって家に帰って来てから、一家が睦《むつ》まじくちゃぶ台のまわりを囲んで、暗い五燭《しょく》の電燈の下で箸を取上げる時、父上が珍らしく木彫のような固い顔に微笑を湛えて、

「今夜はははあおまんまが甘《うめ》えぞ」

といって、飯茶碗をちょっと押しいただくように眼八分に持ち上げるのを見る

時なぞは、君はなんといっても心から幸福を感ぜずにはいられない。君は目前の生活を決して悔《くや》んでいる訳ではないのだ。それにもかかわらず、君は何かにつけてすぐ暗い心になってしまう。

「画《え》が描きたい」

君は寝ても起きても祈りのようにこの一つの望みを胸の奥深く大事にかき抱いているのだ。その望みをふり捨ててしまえる事なら世の中は簡単なのだ。恋——互に思い合った恋といってもこれほどの執着はあり得まいと君は自身の心を哀れみ悲しみながらつくづくと思う事がある。君の厚い胸の奥からは深い溜息が漏れる。

雨の日などに土間に坐りこんで、兄上や妹さんなぞと一緒に、配縄の繕いをしたりしていると、どうかした拍子にみんなが仕事に夢中になって、睦まじく交わしていた世間話すら途絶えさして、黙りこんで手先きばかりを忙《せ》わしく働かすような時がある。こういう瞬間に、君は我れにもなく手を休めて、茫然《ぼうぜん》と夢でも見るように、君の見て置いた山の景色を思い出している事がある。この山とあの山との距りの感じは、界《さかい》の線をこういう曲線で力強く描きさえすれば、きっといいに違いない、そんな事を一心に思い込んでしまう。そして鋏《はさみ》を持った手の先きで、自然に《ひとりで》、想像した曲線を膝の上に幾度も描いては消し、描いては消ししている。

またある時は沖に出て、配縄をたぐり上げる大事な忙わしい時に、君は板子の上に坐って、二本ならべて立てられたビール瓶の間から縄をたぐり込んで、釣りあげられた明鯛《すけそう》が瓶にせかれるために、針の縁《えん》を離れて胴の間にぴちぴち跳ねながら落ちて行くのをじっと見やっている。そして＊クリムソンレーキを水に薄く溶かしたよりももっと鮮明な光を持った鱗《うろこ》の色に吸いつけられて、思わずぼんやりと手の働きをやめてしまう。

これらの場合はっと我に返った瞬間ほど君を惨めにするものはない。居睡りしたのを見つけられでもしたように、君はきょとんと恥しそうにあたりを見廻してみる。ある時は兄上や妹さんが暗まって行く夕方の光に、なお気ぜわしく眼を縄によせて、せっせとほつれを解いたり、切れ目をつないだりしている。ある時は漁夫たちが、寒さに手を海老《えび》のように赤くへし曲げながら、息せき切って配縄をたくし上げている。君は子供のように思わず耳許まで赤面する。

「なんというだらしのない二重生活だ。俺《お》れは一体俺れに与えられた運命の生活に男らしく服従する覚悟でいるんじゃないか。それだのにまだ小《ち》っぽけな才能に未練を残して、柄にもない野心を捨てかねていると見える。俺れはどっちの生活にも真剣にはなれないのだ。俺れの画に対する熱心だけからいうと、画かきになるためには十分過ぎるほどなのだが、それだけの才能があるかどうかという事になると判断のしようが無くなる。勿論《もちろん》俺れに画の描き方を教えてくれた人もなければ、俺れの画を見てくれる人もない。岩内の町でのたった一人の話相手のKは、俺れの画を見る度毎《たびごと》に感心してくれる。そしてどんな苦しみを経ても画かきになれと勧めてくれる。しかしKは第一俺れの友達だし、第二に画が俺れ以上に判るとは思われぬ。Kの言葉はいつでも俺れを励まし鞭《むち》ってくれる。しかし俺れはいつでもその後ろに自惚れさせられているのではないかという疑いを持たずにはいない。どうすればこの二重生活を突き抜ける事ができるのだろう。生れからいっても、今までの運命からいっても、俺れは漁夫で一生を終えるのが相当しているらしい。Kもあの気むずかしい父の下で調剤師で一生を送る決心を悲しくもしてしまったらしい。俺れから見るとKこそは立派な文学者になれそうな男だけれども、Kは誇張なく自分の運命を諦めている。悲しくも諦めている。待てよ、悲しいというのはほんとうはKの事ではない。そう思っている俺れ自身の事だ。俺れはほんとうに悲しい男だ。親父にも済まない。兄や妹にも済まない。この一生をどんな風に過したら、俺れはほんとうに俺れらしい生き方ができるのだろう」

そこに居ならんだ漁夫たちの間に、どっしりと男らしい頑丈な胡坐《あぐら》を組みながら、君は彼らとは全く異邦の人のような淋しい心持ちになってこんな事を思いつづける。

やがて漁夫たちはそこらを片付けてやおら立ち上ると、胴の間に降り積んだ雪を摘んで、手の平で擦《こす》り合わせて、指に粘りついた飯粒を落した。そして配縄の引き上げにかかった。

西に舂《うすづ》き出すと日脚はどんどん歩みを早める。おまけに上の方からたるみなく吹き落して来る風に、海面は妙に弾力を持った凪《な》ぎ方をして、その上を霰《あられ》まじりの粉雪がさーっと来ては過ぎ、過ぎては来る。君たちは手袋を脱ぎ去った手を真赤にしながら、氷点以下の水でぐっしょり濡れた配縄をその一端からたぐり上げ始める。三間四間置きくらいに、眼の下二尺もあるような鱈《たら》がぴちぴち跳ねながら引き上げられて来る。

三十町にも余るくらいな配縄を全然《すっかり》たくしこんでしまう頃には、海の上は少し墨汁を加えた牛乳のようにぼんやり暮れ残って、そこらに眺めやられる漁船のあるものは、帆を張り上げて港を目指していたり、あるものは淋しいかけ声をなお海の上に響かせて、忙わしく配縄を上げているのもある。夕暮れに海上に点々と浮んだ小船を見わたすのは悲しいものだ。そこには人間の生活がその果敢《はか》ない末《まっ》梢《しょう》を淋しくさらしているのだ。

君たちの船は、海風が凪ぎて陸風に変わらない中《うち》にと帆を立て、櫓《ろ》を押して陸地を目懸ける。晴れては曇る雪時雨《ゆきしぐれ》の間に、岩内の後ろに聳《そび》える山々が、高いから先きに、水平線上に現われ出る。船歌を唄いつれながら、漁夫たちは見慣れた山々の頂きを繋《つな》ぎ合せて、港のありかをそれと朧《おぼ》ろげながら見定める。そこには妻や母や娘らが、寒い浜風に吹きさらされながら、噂《うわさ》取りどりに汀《みぎわ》に立って君たちの帰りを待ち侘びているのだ。

これも牛乳のような色の寒い夕靄《ゆうもや》に包まれた雷電峠の突角《とっかく》がいかつく大きく見え出すと、防波堤の突先《とっさ》きにある燈台の灯が明滅して船路を照らし始める。毎日の事ではあるけれども、それを見ると、君といわず人々の胸の中には、今日も先ず命は無事だったという底深い喜びがひとりでに湧き出して来て、陸に対する不思議なノスタルジヤが感ぜられる。漁夫たちの船歌は一段と勇ましくなって、君の父上は船の艫《とも》に漁獲を知らせる旗を揚げる。その旗がばたばたと風に煽られて音を立てる――その音がいい。

段々間近かになった岩内の町は、黄色い街燈の灯の外には、まだ燈火もともさずに黒く淋しく横わっている。雪のむら消えた砂浜には、今朝と同様に女たちが彼所此所《かしこここ》にいくつかの固い群れになって、石ころのようにこちんと立っている。白波がかすかな潮の香と音とをたてて、その足許に行っては消え、行っては消えするのが見えわたる。

帆が卸《お》ろされた。船は海岸近くの波に激く動揺しながら、艫を海岸の方に向けかえて段々と汀に近寄って行く。海産物会社の印袢天《しるしばんてん》を着たり、犬の皮か何かを裏につけた外套を深々と羽織ったりした男たちが、右往左往に走りまわるその辺を目がけて、君の兄上が手慣れたさばきでさっと友綱を投げると、それがすぐ幾十人もの男女の手で引張られる。船は頻《しき》りと上下する舳《へさき》に波のしぶきを喰いながら、どんどん砂浜に近寄って、やがて疲れきった魚のように黒く横わって動かなくなる。

漁夫たちは櫓や舵や帆の始末を簡単にしてしまうと、舷を伝わって陸に跳り上がる。海産物製造会社の人夫たちは、漁夫たちと入れ交《かわ》って船の中に猿のように飛び込んで行く。そしてまだ死にきらない鱈の尾をつかんで、礫《つぶて》のように砂の上に投《ほう》り出す。浜に待ち構えている男たちは、眼にもとまらない早業《はやわざ》で数を数えながら、魚を畚《もっこ》の中にたたき込む。漁夫たちは吉例のように会社の数取人《かずとりにん》に対して何かと故障をいいたててわめく。一日ひっそりかんとしていた浜も、この暫らくの間だけは、さすがに賑《にぎ》やかな気分になる。景気にまき込まれて、女たちのある者まで男と一緒になって喧嘩腰に物をいいつのる。

しかしこの華々しい賑わいも長い間ではない。命をなげ出さんばかりの険しい一日の労働の結果は、僅か十数分の間で他愛もなく会社の人たちに処分されてしまうのだ。君が君の妹を女たちの群れの中から見つけ出して、忙わしく眼を見交わし、言葉を交わす暇もなく、浜の上には乱暴に踏み荒らされた砂と、海藻と小魚とが砂まみれになって残っているばかりだ。そして会社の人夫たちは後をも見ずにまた他の漁船の方へ走って行く。

こうして岩内中の漁夫たちが一生懸命に捕獲して来た魚は瞬く中にさらわれてしまって、墨のように煙突から煙を吐く怪物のような会社の製造所へと運ばれて行く。

夕焼けもなく日はとっぷりと暮れて、雪は紫に、灯は光なくただ赤くばかり見える初夜になる。君たちは今朝の通りに幾かたまりかの黒い影になって、疲れきった五体を銘々の家路に運んで行く。寒気のために五臓まで締めつけられたような君たちは口をきくのさえ物惰《ものう》くてできない。女たちがはしゃいだ調子で、その日の中に陸の上で起った色々な出来事――色々な出来事といっても、際立って珍らしい事や面白い事は一つもない――を話し立てるのを、ぶっつり押黙ったままで聞きながら歩く。しかしそれがなんという快さだろう。

しかし君の家が近くなるにつれて妙に君の心を脅かし始めるものがある。それは近年引続いて君の家に起った種々な不幸がさせる業《わざ》だ。永病《ながわずら》いの後に良人《おっと》に先立った君の母上に始まって、君の家族の周囲には妙に死というものが執念《しゅうね》くつき纏《まと》っているように見えた。君の兄上の初生児も取られていた。汗水が凝り固って出来たような銀行の貯金は、その銀行が不景気のあおりを食って破産したために、水の泡になってしまった。命とかけがえの漁場が、間違った防波堤の設計のために、全然役に立たなくなったのは前にもいった通りだ。耐《こら》え性《しょう》のない人々の寄集《よりあつま》りなら、身代が朽木のようにがっくりと折れ倒れるのはありがちといわなければならない。ただ君の家では、父上といい、兄上といい、根性骨の強い正直な人たちだったので、凡ての激しい運命を真正面から受け取って、骨身を惜まず働いていたから、曲ったなりにも今日今日を事欠かずに過ごしているのだ。しかし君の家を襲ったような運命の圧迫はそこいら中に起っていた。軒を並べて住みなしていると、どこの家にもそれ相当な生計が立てられているようだけれども、一軒一軒に立ち入ってみると、この頃の岩内の町には鼻を酸《す》くしなければならないような事がそこいら中にまくしあがっていた。ある家は眼に立って零落していた。嵐に吹きちぎられた屋根板が、いつまでもそのままで雨の漏れるに任せた所も尠《すくな》くない。眼鼻立ちの揃った年頃の娘が、嫁入ったという噂もなく姿を消してしまう家もあった。立派に家框《いえかまち》が立ち直ったと思うとその家は代が替ったりしていた。そろそろと地の中に引きこまれて行くような薄気味悪い零落の兆候が町全体にどことなく漂っているのだ。

人々は暗々裡にそれに脅かされている。いつどんな事がまくし上るかもしれない――そういう不安は絶えず君たちの心を重苦しく押しつけた。家から火事を出すとか、家から出さないまでも類焼の災難に遇うとか、持船が沈んでしまうとか、働き盛りの兄上が死病に取りつかれるとか、鰊の群来《くき》がすっかり外《そ》れるとか、ワク船が流されるとか、色々に想像されるこれらの不幸の一つだけに出喰わしても、君の家に取っては足腰の立たない打撃となるのだ。疲れた五体を家路に運びながら、そして馬鹿に建物の大きな割合に、それにふさわない暗い灯でそこと知られる柾葺《まさぶ》きの君の生れた家屋を眼の前に見やりながら、君の心は運命に対する疑いのために妙におくれ勝ちになる。

それでも閾《しきい》を跨《また》ぐと土間の隅の竈《かまど》には火が暖かい光を放って水飴《みずあめ》のように軟かく撓《しな》いながら燃えている。どこからどこまで真黒に煤《すす》けながら、だだっ広い囲炉裡《いろり》の間《ま》はきちんと片付けてあって、居心よさそうにしつらえてある。嫂《あによめ》や妹の心づくしを君はすぐ感じてうれしく思いながら、持って帰った漁具――寒さのために凍り果てて、触れ合えば石のように音を立てる――をそれぞれの所に始末すると、これもからからと音を立てるほど凍り果てた仕事着を一枚一枚脱いで、竈のあたりに懸けつらねて、普段着に着かえる。一日の寒気に凍えきった肉体はすぐ熱を吹き出して、顔などはのぼせ上るほどぽかぽかして来る。普段着の軽い暖かさ、一椀の熱湯の味のよさ。

小気味よいほどしたたか夕餉《ゆうげ》を食った漁夫たちが、

「親方さんお休み」

と挨拶してぞろぞろ出て行った後には、水入らずの家族五人が、囲炉裡の火に真赤に顔を照らし合いながらさし向いになる。戸外ではさらさらと音を立てて霰まじりの雪が降りつづけている。七時というのにもうその界隈は夜更け同様だ。どこの家もしいんとして赤子の啼《な》く声が時折り聞こえるばかりだ。ただ遠くの遊廓の方から、朝寝のできる人たちが寄集っているらしい酔狂のさざめきだけが途切れ途切れに風に送られて伝わって来る。

「俺《お》らはあ寝まるぞ」

僅かな晩酌に昼間の疲労を存分に発して、眼をとろんこにした君の父上が、まず囲炉裡の側に床をとらして横になる。やがて兄上と嫂とが次ぎの部屋に退くと、囲炉裡の側には、君と君の妹だけが残るのだ。

時が静かに淋しく、しかし睦まじくじりじりと過ぎて行く。

「寝ずに」

針の手をやめて、君の妹はおとなしく顔を上げながら君にいう。

「先きに寝れ、いいから」

胡坐の膝の上にスケッチ帖を拡げて、と見《み》こう見《み》している君は、振り向きもせずに、ぶっきらぼうにそう答える。

「朝げにまた眠むいとってこづき起されべえに」

にっと片頬に笑みを湛えて妹は君に悪戯らしい眼を向ける。

「なんの」

「なんのでねえよ、そんだもの見こくってなんのたしになるべえさ。みんなよって笑っとるでねえか、⌃サ《やまさ》の兄《あん》さんこと暇さえあれば見ったくもない画べえ描いて、なんするだべって」

君は思わず顔を上げる。

「誰れがいった」

「誰れって……みんないってるだよ」

「お前もか」

「私《わし》はいわねえ」

「そうだべさ。それならそれでいいでねえか。訳のわかんねえ奴さなんとでもいわせておけばいいだ。これを見たか」

「見たよ。……荘園《しょうえん》の裏から見た所だなあそれは。山は私《わし》気に入ったども、雲が黒過ぎるでねえか」

「差出口《さしでぐち》はおけやい」

そして君たち二人は顔を見合って溶けるように笑み交わす。寒さはしんしんと背骨まで徹《とお》って、戸外には風の落ちた空を黙って雪が降り積んでいるらしい。

今度は君が発意する。

「おい寝べえ」

「兄《あん》さん先きに寝なよ」

「お前寝べし……明日また一番に起るだから……戸締りは俺らがするに」

二人はわざと意趣に争ってから、妹はとうとう先きに寝る事にする。君はなお半時間ほどスケッチに見入っていたが、寒さに堪えきれなくなってやがて身を起すと、藁草履《わらぞうり》を引かけて土間に降り立ち、竃《かまど》の火許《ひもと》を十分に見届け、漁具の整頓を一わたり注意し、入口の戸に錠前を卸ろし、雪の吹きこまぬよう窓の隙間をしっかりと閉じ、そしてまた囲炉裡座に帰って見ると、ちょろちょろと燃えかすれた根粗朶《ねそだ》の火に朧《おぼ》ろに照らされて、君の父上と妹とが炉縁《ろべり》の二方に寝くるまっているのが物淋しく眺められる。一日一日生命から遠《とおざ》かって行く老人と、若々しい生命の力に悩まされているとさえ見える妹との寝顔は、明滅する焔《ほのお》の前に幻のような不思議な姿を描き出す。この老人の老先きをどんな運命が待っているのだろう。この処女の行末をどんな運命が待っているのだろう。未来は凡て暗い。そこではどんな事でも起り得る。君は二人の寝顔を見つめながらつくづくとそう思った。そう思うにつけて、その人たちの行末については、素直な心で幸《さち》あれかしと祈る外《ほか》はなかった。人の力というものがこんな厳粛な瞬間には一番便《たよ》りなく思われる。

君はスケッチ帖を枕許に引きよせて、垢染みた床の中にそのままもぐり込みながら、氷のような蒲団の冷たさが体の温《ぬく》みで暖まるまで、まじまじと眼を見開いて、君の妹の寝顔を、憐れみとも愛ともつかぬ涙ぐましい心持ちで眺めつづける。

それは君が妹に対して幼少の時から何かの折りに必ず抱くなつかしい感情だった。それもやがて疲労の夢が押し包む。

今岩内の町に目覚めているものは、恐らく朝寝坊のできる富んだ惰《なま》け者と、燈台守りと犬くらいのものだろう。夜は寒く淋しく更けて行く。

八

君。君はこんな私の自分勝手な想像を、私が文学者であるという事から許してくれるだろうか。私の想像は後から後からと引続いて湧いて来る。それが中《あた》っていようが中っていまいが、君は私がこうして筆取るその目論見《もくろみ》に悪意のない事だけは信じてくれるだろう。そして無邪気な微笑を以て、私の唯一の生命である空想が勝手次第に育って行くのを見守っていてくれるだろう。私はそれに頼ってさらに書き続けて行く。

鰊《にしん》の漁期――それは北方に住む人の胸にのみしみじみと感ぜられるなつかしい季節の一つだ。この季節になると長く地の上を領していた冬が老いる。――北風も、雪も、囲炉裡も、綿入れも、雪鞋《つまご》も、等しく老いる。一片の雲のたたずまいにも、自然の目論見と予言とを人一倍鋭敏に見て取る漁夫たちの眼には、朝夕の空の模様が春めいて来た事をまざまざと思わせる。北西の風が東に廻るにつれて、単色に堅く凍りついていた雲が、蒸《む》されるようにもやもやと崩れ出して、淡いながら暖い色の晴雲に変って行く。朝から風もなく晴れわたった午後なぞに波打際に出て見ると、やや緑色を帯びた青空の遥か遠くの地平線高く、幔幕《まんまく》を真一文字に張ったような雪雲の堆積に日が射して、万遍なく薔薇《ばら》色《いろ》に輝いている。なんという美妙な美しい色だ。冬はあすこまで遠《と》退《お》《の》いて行ったのだ。そう思うと、不幸を突き抜けて幸福に出遇った人のみが感ずる、あの過去に対する寛大な思い出が、ゆるやかに浜に立つ人の胸に流れこむ。五カ月の長い厳冬を牛のように忍耐強く辛棒《しんぼう》しぬいた北人の心に、もう少しでひねくれた根性にさえなり兼ねた北人の心に、春の約束がほのぼのと恵み深く響き始める。

朝晩の凍《し》み方は大して冬と変りはない。濡れた金物がべたべたと糊のように指先きに粘りつく事は珍らしくない。けれども日が高くなると、さすがにどこか寒さにひびがいる。浜辺は急に景気づいて、納屋の中からは大釜や締め框《わく》が担ぎ出され、ホック船やワク船をつとのように蔽《おお》うていた蓆《むしろ》が取りのけられ、旅烏《たびがらす》と一緒に集って来た漁夫たちが、綾を織るように雪の解けた砂浜を行き違って、目まぐるしい活気を見せ始める。

鱈《たら》の漁獲がひとまず終って、鰊の先駆《はしり》もまだ群来《くけ》て来ない。海に出て働く人たちはこの間に少しの間《ま》息をつく暇を見出すのだ。冬の間から一心に覗《うかが》っていたこの暇に、君はある日朝からふいと家を出る。勿論懐ろの中には手馴れたスケッチ帖と一本の鉛筆とを潜まして。

家を出ると往来には漁夫たちや、女でめん（女労働者）や、海産物の仲買いといったような人々が賑《にぎ》やかに浮き浮きして行ったり来たりしている。根雪が氷のように磐《いわ》になって、その上を雪解の水が、一冬の塵埃《じんあい》に染まって、泥炭地の湧き水のような色でどぶどぶと漂っている。馬橇《ばそり》に材木のように大きな生々しい薪をしこたま積み乗せて、その悪路を引ぱって来た一人の年配な内儀《かみ》さんは、君を認めると、引綱をゆるめて腰を延ばしながら、戯《たわむ》れた調子で大きな声をかける。

「はれ兄《あん》さんもう浜さ行《い》ぐだね」

「うんにゃ」

「浜でねえ？　たらまた山かい。魚を商売にする人《ふと》が暇さえあれば山さつっぱしるだから怪体《けたい》だあてばさ。いい人でもいるだんべさ。は、は、は、……。うんすら妬《や》いてこすに、一押し手を貸すもんだよ」

「口はばったい事べいうと鯨様が群来《くけ》てはくんねえぞ。おかしな婆様《ばさま》よなあお前も」

「婆様だ⁉　人聞《ふとき》きの悪い事べいわねえもんだ。人様《ふとさま》が笑うでねえか」

実際この内儀さんの噪《はしや》いだ雑言《ぞうごん》には往来の人たちが面白がって笑っている。君は当惑して、橇の後ろに廻って三、四間ぐんぐん押してやらなければならなかった。

「そだ。そだ。兄《あん》さんいい力だ。浜まで押してくれたら己《お》らお前に惚れてこすに」

君は呆れて橇から離れて逃げるように行手を急ぐ。面白がって二人の問答を聞いていた群集は思わず一度にどっと笑い崩れる。人々のその高笑いの声にまじって、内儀さんがまた誰れかに話しかける大声がのびやかに聞こえて来る。

「春が来るのだ」

君は何につけても好意に満ちた心持ちでこの人たちを思いやる。

やがて漁師町をつきぬけて、この市街では目ぬきな町筋に出ると、冬中空屋になっていた西洋風の二階建の雨戸が繰り開けられて、札幌のある大きなデパートメント・ストアの臨時出店が開かれようとしている。藁屑《わらくず》や新聞紙のはみ出た大きな木箱が幾個か店先きに放り出されて、広告のけばけばしい、色旗が活動小屋の前のように立て列《なら》べてある。そして気の利いた手代が十人近くも忙しそうに働いている。君はこの大きな臨時の店が、岩内中の小売商人にどれほどの打撃であるかを考えながら、自分たちの漁獲が、資本のないために、外の土地から投資された海産製造会社によって捨て値で買い取られる無念さをも思わないではいられなかった。「大きな手には摑まれる」……そう思いながら君はその店の角を曲って割合にさびれた横町にそれた。

その横町を一町も行かない所に一軒の薬種店があって、それにつづいて小さな調剤所がしつらえてあった。君はそこのガラス窓から中を覗いて見る。ずらっと列べた薬種瓶の下の調剤卓の前に、凭《もた》れのない扶抜《くりぬ》きの事務椅子に腰かけて、黒い事務マントを羽織った悒鬱《ゆううつ》そうな小柄な若い男が、一心に小形の書物に読み耽っている。それはKといって、君が岩内の町に持っているただ一人の心の友だ。

君はくすんだ硝子《ガラス》板に指先きを持って行ってほとほとと敲《たた》く。Kは機敏に書物から眼を挙げてこちらを振りかえる。そして驚いたように坐を立って来て硝子障子を開ける。

「どこに」

君は黙ったまま懐中からスケッチ帖を取出して見せる。そして二人は互を理解するように微笑みかわす。

「君は今日は出られまい」

君は東京の遊学時代を記念するために、大事にとって置いた書生の言葉を使えるのが、この友達に会う時の一つの楽しみだった。

「駄目だ。この頃は漁夫で岩内の人数が急に殖えたせいか忙《せ》わしい。しかし今日はまだ寒いだろう。手が自由に動くまい」

「何、画は描けずとも山を見ていればそれでいいだ。久しく出て見ないから」

「僕は今これを読んでいたが（といってKはミケランジェロの書翰集を君の眼の前にさし出して見せた）素晴らしいもんだ。こうしていてはいけないような気がするよ。だけれどもとても及びもつかない。いい加減な芸術家というものになって納っているより、この薄暗い薬局で、黙りこくって一生を送る方がやはり僕には似合わしいようだ」

そういって君の友は、悒鬱な小柄な顔を一際《ひときわ》悒鬱にした。君は励ます言葉も慰める言葉も知らなかった。そして心尤《とが》めするもののようにスケッチ帖を懐ろに納めてしまった。

「じゃ行って来るよ」

「そうかい。そんなら帰りには寄って話して行き給え」

この言葉を取り交わして、君はその薄汚れたガラス窓から離れる。

南へ南へと道を取って行くと、節婦橋《せつぷばし》という小さな木橋があって、そこから先きにはもう家並は続いていない。溝泥《どぶどろ》を捏《こ》ね返したような雪道は段々奇麗になって行って、地面に近い所が水になってしまった積雪の中に、君の古い兵隊長靴はややともするとずぼりずぼりと踏み込んだ。

雪に蔽われた野は雷電峠の麓の方へ爪先上りに広がって、折から晴れ気味になった雲間を漏れる日の光が、地面の蔭日向《かげひなた》を銀と藍《あい》とでくっきりと彩っている。寒い空気の中に、雪の照り返しがかっかっと顔を火照《ほて》らせるほど強く射して来る。

君の顔は見る見る雪焼けがして真赤に汗ばんで来た。今まで頑丈に被っていた頭巾《ずきん》をはねのけると、眼界は急に遥々と拡がって見える。

なんという宏大な厳《おごそ》かな景色だ。胆振《いぶり》の分水嶺から分れて西南を指す一連の山波が、地平から力強く伸び上って段々高くなりながら、岩内の南方へ走って来ると、そこにはからずも陸の果てがあったので、突然水際に走りよった奔馬が、揃えた前脚を踏み立てて、思わず平頸《ひらくび》を高く聳《そびや》かしたように、山は急にそそり立って、沸騰せんばかりに天を摩《ま》している。今にもすさまじい響きを立てて崩れ落ちそうに見えながら、何百万年か何千万年か、昔のままの姿でそそり立っている。そして今はただ一色の白さに雪で被われている。そして雲が空を動く度毎《たびごと》に、山は居住《いずま》いを直したかのように姿を変える。君は久振《ひさしぶ》りで近々とその山を眺めるともう有頂天になった。そして余の事は奇麗に忘れてしまう。

君はただ一図《いちず》にがむしゃらに本道から道のない積雪の中に足を踏み入れる。行手に黒ずんで見える楡《にれ》の切株の所まで腰から下まで雪に塗《まみ》れて辿り着くと、君はそれに兵隊長靴を打ちつけて脚の雪を払い落しながら佇《たたず》む。そして眼を据えてもう一度雪野の果てに聳え立つ雷電岬を物珍らしく眺めて、魅入られたように茫然となってしまう。幾度見ても倦《あ》きる事のない山のたたずまいが、この前見た時と相違のあるはずはないのに、全く異った表情を以て君の眼に映って来る。この前見に来た時は、それは厳冬の一日のことだった。やはり今日と同じ処《ところ》に立って、凍える手に鉛筆を運ぶ事もできず、黙ったまま立って見ていたのだったが、その時の山は地面から静々と盛上って、雪雲に閉された空を確《し》かと摑んでいるように見えた。その感じは恐ろしく執念深く力強いものだった。君はその前に立って押しひしゃげられるような威圧を感じた。今日見る山はもっと素直な大さと豊かさとを以て静かに君を掻き抱くように見えた。普段自分の心持ちが誰れからも理解されないで、一種の変屈人のように人々から取扱われていた君には、この自然が君に対して求めて来る親しみはしみじみとしたものだった。君はまた更らに眼を挙げて、なつかしい友に向うようにしみじみと山の姿を眺めやった。

ちょうど親しい心と心とが出遇った時に、互に感ぜられるような温かい涙ぐましさが、君の雄々しい胸の中に湧き上って来た。自然は生きている。そして人間以上に強く高い感情を持っている。君には同じ人間の語る言葉だが英語は解らない。自然の語る言葉は英語よりも遥かに君には解りいい。ある時には君が使っている日本語そのものよりももっと感情の表現の豊かな平明な言葉で自然が君に話しかける。君はこの涙ぐましい心持ちを描いてみようとした。

そして懐中からいつものスケッチ帖を取出して切株の上に置いた。開かれた手帳と山とをかたみがわりに見やりながら、君は丹念に鉛筆を削り上げた。そして粗末な画学紙の上には、逞《たく》ましく荒くれた君の手に似合わない繊細な線が描かれ始めた。

ちょうど人の肖像を描こうとする画家が、その人の耳目鼻口をそれぞれ綿密に観察するように、君は山の一つの皺《しわ》一つの襞《ひだ》にも君だけが理解すると思える意味を見出そうと努めた。実際君の眼には山の総《すべ》ての面は、そのまま総ての表情だった。日光と雲との明暗《キヤロスキユロ》に彩られた雪の重《かさな》りには、熱愛を以て見極めようと努める人々にのみ説き明かされる尊い謎が潜めてあった。君は一つの謎を解き得たと思うごとに、小躍《こおど》りしたいほどの喜びを感じた。君の周囲には今はもう生活の苦情もなかった。世間に対する不安も不幸もなかった。自分自身に対するおくれ勝ちな疑いもなかった。子供のような快活な無邪気な一本気な心……君の唇からは知らず知らず軽い口笛が漏れて、君の手は躍るように調子を取って、紙の上を走ったり、山の大さや角度を計ったりした。

そうして幾時間が過ぎたろう。君の前には「時」というものさえなかった。やがて一つのスケッチが出来上って、軽い満足の溜息とともに、働かし続けていた手をとめて、片手にスケッチ帖を取上げて眼の前に据えた時、君は軽い疲労——軽いといっても、君が船の中で働く時の半日分の労働の結果よりは軽くない——を感じながら、今日が仕事のよい収穫であれかしと祈った。画学紙の上には、吹き変わる風のために乱れがちな雲の間に、その頂《いただき》を見せたり隠したりしながら、真白にそそり立つ峠の姿と、その手前の広い雪の野のここかしこに叢立《むらだ》つ針葉樹の木立や、薄く炊煙を地に靡《なび》かして所々に立つ惨めな農家、これらの間を鋭い刃物で立割ったような深い峡間《はざま》、それらが特種な深い感じを以て特種な筆触で描かれている。君はやや暫《しば》らくそれを見やって微笑ましく思う。久振りで自分の隠れた力が、哀れな道具立てによってではあるが、とにかく形を取って生れ出たと思うと嬉しいのだ。

しかしながら狐疑《こぎ》は待ちかまえていたように、君が満足の心を十分味う暇もなく、足許から押寄せて来て君を不安にする。君は自分に諛《へつら》うものに対して警戒の眼を向ける人のように、自分の満足の心持ちを厳しく調べてかかろうとする。そして今描き上げた画を容赦なく山の姿と較《くら》べ始める。

自分が満足だと思った所はどこにあるのだろう。それはいわば自然の影絵に過ぎないではないか。向うに見える山はそのまま寛大と希望とを徴象するような一つの生きた塊《マッス》的であるのに、君のスケッチ帖に縮め込まれた同じものの姿は、なんの表情も持たない線と面との集りとより君の眼には見えない。

この悲しい事実を発見すると君は躍鬼《やっき》になって次ぎのページをまくる。そして自分の心持ちを一際《ひときわ》謙遜な、そして執着の強いものにし、粘り強い根気でどうかして山をそのまま君の画帖の中に生かし込もうとする、新たな努力が始まると、君はまた総ての事を忘れ果てて一心不乱に仕事の中に魂を打込んで行く。そして君が昼弁当を食う事も忘れて、四枚も五枚ものスケッチを作った時には、もう大分日は傾いている。

しかしとてもそこを立去る事はできないほど、自然は絶えず美しく蘇《よみがえ》って行く。朝の山には朝の命が、昼の山には昼の命があった。夕方の山にはまたしめやかな夕方の山の命がある。山の姿は、その線と蔭日向とばかりでなく、色彩にかけても、日が西に廻ると素晴らしい魔術のような不思議を現わした。峠のある部分は鋼鉄のように寒く硬く、また他の部分は気化した色素のように透明で消え失せそうだ。夕方に近づくにつれて、やや煙り始めた空気の中に、声も立てずに粛然と聳《そび》えているその姿には、汲んでも汲んでも尽きない平明な神秘が宿っている。見ると山の八合目と覚しい空高く、小さな黒い点が静かに動いて輪を描いている。それは一羽の大鷲《おおわし》に違いない。眼を定めてよく見ると、長く伸ばした両の翼を微塵も動かさずに、身体《からだ》全体をやや斜めにして、大きな水の渦に乗った枯葉のように、その鷲は静かに伸びやかに輪を造っている。山が物いわんばかりに生きてると見える君の眼には、この生物はかえって死物のように思いなされる。ましてや平原の所々に散在する百姓家などは、山が人に与える生命の感じに較べれば、惨めな幾個かの無機物に過ぎない。

昼は真冬からは著しく延びてはいるけれども、もう夕暮の色はどんどん催して来た。それとともに肌身に寒さも加わって来た。落日に彩られて光を呼吸するように見えた雲も、煙のような白と淡藍《うすあい》との影日向《かげひなた》を見せて、雲とともに大空の半分を領していた山も、見る見る寒い色に堅くあせて行った。そして靄《もや》ともいうべき薄い膜が君と自然との間を隔てはじめた。

君は思わず溜息をついた。いい解きがたい暗愁——それは若い人が恋人を思う時に、その恋が幸福であるにもかかわらず、胸の奥に感ぜられるような——が不思議に君を涙ぐましくした。君は鼻をすすりながら、ぱたんと音を立ててスケッチ帖を閉じて、鉛筆と一緒にそれを懐ろに納めた。凍《い》てた手は懐ろの中の温味《ぬくみ》をなつかしく感じた。弁当は食う気がしないで、切株の上からそのまま取って腰にぶらさげた。半日立ち尽した脚は動かそうとすると電気をかけられたように痺れていた。ようようの事で君は雪の中から爪先きをぬいて一歩一歩本道の方へ帰って行った。遥か向うを見ると山から木材や薪炭を積み下ろして来た馬橇《ばそり》がちらほらと動いていて、馬の首につけられた鈴の音が冴えた響をたてて幽《かす》かに聞こえて来る。それは漂浪の人が遥かに故郷の空を望んだ時のようななつかしい感じを与える。その消え入るような、淋しい、冴えた音が殊になつかしい。不思議な誘惑の世界から突然現世に帰った人のように、君の心はまだ夢心地で、芸術の世界と現実の世界との淡々しい境界線を辿っているのだ。そして君は歩きつづける。

いつの間にか君は町に帰って例の調剤所の小さな部屋で、友達のKと向き合っている。Kは君のスケッチ帖を昂奮した目つきで彼所此所《かしこここ》見返えしている。

「寒かったろう」

とKがいう。君はまだ本統に自分に帰りきらないような顔付きで、

「うむ。……寒くはなかった。……その線の鈍ってるのは寒かったからではないんだ」

と答える。

「鈍っていはしない。君がすっかり何もかも忘れてしまって、駈けまわるように鉛筆をつかった様子がよく見えるよ。今日のはみんな非常に僕の気に入ったよ。君も少しは満足したろう」

「実際の山の形に較べて見給え。……僕は親父にも兄貴にもすまない」

と君は急いで言いわけする。

「なんで?」

Kは怪訝そうにスケッチ帖から眼を上げて君の顔をしげしげと見守る。

君の心の中には苦い灰汁《あくじる》のようなものが湧き出て来るのだ、漁《りよう》にこそ出ないが、本統をいうと漁夫の家には一日として安閑としていい日とてはないのだ。今日も、

君が一日を画に暮していた間に、君の家では家中《いえじゆう》で忙わしく働いていたのに違いないのだ。建網《たてあみ》に損じのある無し、網をおろす場所の海底の模様、大釜を据えるべき位置、桟橋《さんばし》の改造、薪炭の買入れ、米塩の運搬、仲買人との契約、肥料会社との交渉……その外鰊《にしん》漁の始まる前に漁場の持主がして置かなければならない事はあり余るほどあるのだ。

君は自分が画に親しむ事を道楽だとは思っていない。いないどころか、君に取ってはそれは生活よりも更らに厳粛な仕事であるのだ。しかし自然と抱き合い、自然を画の上に活かすという事は、君の住む所では君一人だけが知っている喜びであり悲しみであるのだ。外の人たちは――君の父上でも、兄妹《きようだい》でも、隣近所の人でも――ただ不思議な小供じみた戯れとよりそれを見ていないのだ。君の考え通りをその人たちの頭の中にたんのうができるように打ちこむというのは思いも及ばぬ事だ。

君は理屈では何ら恥ずべき事がないと思っている。しかし実際では決してそうは行かない。芸術の神聖を信じ、芸術が実生活の上に玉座を占むべきものであるのを疑わない君も、その事柄が君自身に関係して来ると、思わず知らず足許がぐらついて来るのだ。

「俺れが芸術家であり得る自信さえ出来れば、俺れは一刻の躊躇もなく実生活を踏みにじっても親しいものを犠牲にしても、歩み出す方向に歩み出すのだが……家の者どもの実生活の真剣さを見ると、俺れは自分の天才をそうやすやすと信ずる事ができなくなってしまうんだ。俺れのようなものを描いていながら彼らに芸術家顔をする事が恐ろしいばかりでなく、僭越《せんえつ》な事に考えられる。俺れはこんな自分が恨めしい。そして恐ろしい。みんなはあれほど心から満足して今日今日を暮しているのに、俺れだけはまるで陰謀でも企んでいるように始終暗い心をしていなければならないのだ。どうすればこの苦しさこの淋しさから救われるのだろう」

平常のこの考えがKと向い合っても頭から離れないので、君は思わず「親父にも兄貴にもすまない」といってしまったのだ。

「どうして?」といったKも、君もそのまま黙ってしまった。Kには、物をいわれないでも君の心はよく解っていたし、君はまた君で、自分は奇麗に諦めながらどこまでも君を芸術の捧誓者《ほうせいしゃ》たらしめたいと熱望する、Kの淋しい、自己を滅した、温かい心の働きをしっくりと感じていたからだ。

君ら二人の眼は悒鬱な熱に輝きながら、互に瞳を合わすのを憚《はばか》るように、やや燃えかすれたストーブの火を眺め入る。

そうやって黙っている中に君はたまらないほど淋しくなって来る。自分を憐れむとも K を憐れむとも知れない哀情がこみ上げて、K の手を取り上げて撫《な》でてみたい衝動を幾度も感じながら、女々《めめ》しさを退けるようにむずがゆい手を腕の所で堅く組む。

ふと煤《すす》けた天井から垂下った電球が光を放った。驚いて窓から見るともう往来は真暗《まっくら》になっている。冬の日の舂《うすづ》き隠れる早さを今さらに君はしみじみと思った。掃除の行き届かない電球は埃《ごみ》と手垢とで殊更《ことさら》暗らかった。それが部屋の中をなお悒鬱にして見せる。

「飯だぞ」

K の父の荒々しい疳走《かんばし》った声が店の方から如何《いか》にも突慳貪《つっけんどん》に聞こえて来る。普段から自分の一人息子の悪友でもあるかの如く思いなして、君が行くとかつて機嫌のいい顔を見せた事のないその父らしい声だった。K はちょっと反抗するような顔付きをしたが、陰性なその表情をますます陰性にしただけで、きぱきぱと盾をつく様子もなく、父の心と君の心とを窺うように声のする方と君の方とを等分に見る。

君は長座をしたのがKの父の気に障《さわ》ったのだと推すると座を立とうとした。しかしKはそういう心持ちに君をしたのを非常に物足らなく思ったらしく、君にもぜひ夕食を一緒にしろと勧めてやまなかった。

「じゃ僕は昼の弁当を喰わずにここに持ってるからここで食おうよ。遠慮なく済して来たまえ」

と君はいわなければならなかった。

Kは夕食を君に勧めながら、ほんとうはそれを両親に打ち出していう事を非常に苦にしていたらしく、さればとてまずい心持ちで君を返えすのも堪えられないと思いなやんでいたらしかったので、君の言葉を聞くと活路を見出したように少し顔を晴ればれさせて調剤室を立って行った。それも思えば一家の貧窮がKの心に染みわたったしるしだった。君は独りになると段々暗い心になり増《まさ》るばかりだった。

それでも夕飯という声を聞き、戸の隙から漏れる焼魚の匂をかぐと、君は急に空腹を感じ出した。そして腰に結び下げた弁当包みを解いてストーブに寄り添いながら、椅子に腰かけたままの膝の上でそれを開いた。

北海道には竹がないので、竹の皮の代りにへぎで包んだ大きな握り飯はすっかり凍ててしまっている。春立《はるだ》った時節とはいいながら一日寒空に、切株の上にさらされていたので、飯粒は一粒一粒ぼろぼろに固くなって、持った手の中から壊《こぼ》れ落ちる。試みに口にもって行ってみると米の持つ甘味はすっかり奪われていて、無味な繊維のかたまりのような触覚だけが冷たく舌に伝わって来る。

君の眼からは突然、君自身にも思いもかけなかった熱い涙がほろほろとあふれ出た。じっと坐ったままではいられないような寂寥《せきりょう》の念が真暗に胸中に拡がった。

君はそっと座を立った。そして弁当を元通りに包んで腰にさげ、スケッチ帖を懐ろにねじこむと、こそこそと入口に行って長靴をはいた。靴の皮は夕方の寒さに凍って鉄板のように堅く冷たかった。

雪は燐《りん》のようなかすかな光を放って真黒に暮れ果てた家々の屋根を被うていた。

淋しいこの横町は人の影も見せなかった。暫らく歩いて例のデパートメント・ストアの出店の角近くに来ると、一人の男の子がスケート下駄（下駄の底にスケートの歯をすげたもの）をはいて、できぼくに凍った道の上をがりがりと音をさせながら走って来た。その児《こ》はスケートに夢中になって君の側をすりぬけても君には気がついていないらしい。

「氷の上が辷《すべ》れ出した時はほんとに夢中になるものだ」

君は自分の遠い過去を覗き込むように淋しい心の中にもこう思う。何事を見るにつけても君の心は痛んだ。

デパートメント・ストアのある本通りに出ると打って変わって賑やかだった。電燈も急に明るくなったように両側の家を照らして、そこには店の者と購買者との影が綾を織った。それは君に取っては、その場合の君に取っては、一つ一つ見知らぬものばかりのようだった。そこいらから起る人声や荷橇の雑音などがぴんぴんと君の頭を針のように刺戟する。見物人の前に引き出された見世物小屋の野獣のようないらだたしさを感じて、君は眉根の所に電光のように起る痙攣《けいれん》を小うるさく思いながら、むずかしい顔をしてさっさと賑やかな往来を突きぬけて漁《りょう》師《し》町の方へ急ぐ。

しかし君の家が見え出すと君の足はひとりでにゆるみ勝ちになって、君の頭は知らず識らず、なお低くうなだれてしまった。そして君は疑わしそうな眼を時々上げて、見知り越しの顔にでも遇いはしないかと気遣かった。しかしこの界隈はもう静まり返っていた。

「駄目だ」

突然君はこう小さくいって往来の真中に立ち停《どま》ってしまった。そうして立ちすくんだその姿の首から肩、肩から背中に流れる線は、もしそこに見守る人がいたならば、思わずぞっとして異常な憂愁と力とを感ずるに違いない不思議に強い表現を持っていた。

暫らく釘づけにされたように立ちすくんでいた君は、やがて自分自身をもぎ取るように決然と肩をそびやかして歩き出す。

君は自分でもどこをどう歩いたか知らない。やがて君が自分に気がついて君自身を見出した所は、海産製造会社の裏の険しい崖を登りつめた小山の上の平地だった。

全く夜になってしまっていた。冬は老いて春は来ない——その壊れ果てたような荒涼たる地の上高く、寒さをかすかな光にしたような雲のない空が、息気《いき》もつかずに、凝然として延び拡がっていた。色々な光度と色々な光彩でちりばめられた無数の星々の間に、冬の空の誇りなる*参宿《オライオン》が、微妙な傾斜を以て三つならんで、何かの凶徴のように一際ぎらぎらと光っていた。星は語らない。ただ遥かな山裾から、干潮になった無月の潮騒《しおざい》が、海妖《かいよう》の単調な誘惑の歌のように、なまめかしく撫でるように聞こえて来るばかりだ。風が落ちたので凍りついたように寒く沈みきった空気は、この海のささやきのために鈍く震えている。

　君はその平地の上に立ってぼんやりあたりを見廻わしていた。君の心の中には先程から恐ろしい企図《たくらみ》が眼ざめていたのだ。それは今日に始った事ではない。ともすれば君の油断を見すまして、泥沼の中からぬるりと頭を出す水の精のように、その企図は心の底から現われ出るのだ。君はそれを極端に恐れもし、憎みもし、卑しみもした。男と生れながら、そんな誘惑を感ずる事さえやくざな事だと思った。しかし一旦その企図が頭を擡《もた》げたが最後、君は魅《み》られた者のように、藻掻《もが》き苦しみながらもじりじりとそれを成就するためには凡てを犠牲にしても悔いないような心になって行くのだ。その恐ろしい企図とは自殺する事なのだ。

君の心は妙にしんと底冷えがしたように棘々《とげとげ》しく澄みきって、君の眼に映る外界の姿は突然全く表情を失ってしまって、固い、冷たい、無慈悲な物の積み重なりに過ぎなかった。無際限なただ一つの荒廃――その中に君だけが呼吸を続けている、それが堪《たま》らぬほど淋しく恐ろしい事に思いなされる荒廃が君の上下四方に拡がっている。波の音も星の瞬きも、夢の中の出来事のように、君の知覚の遠い遠い末梢に、感ぜられるともなく感ぜられるばかりだった。凡ての現象がてんでんばらばらに互の連絡なく散らばってしまった。その中で君の心だけが張りつめて死の方へとじりじり深まって行こうとした。重錘《おもり》をかけて深い井戸に投げ込まれた燈明のように、深みに行くほど君の心は光を増しながら感じを強めながら、最後には死というその冷たい水の表面に消えてしまおうとしているのだ。

君の頭が痺れて行くのか、世界が痺れて行くのかほんとうに判らなかった。恐ろしい境界に臨んでいるのだと幾度も自分を警《いまし》めながら、君は平気な気持ちでとてつもない呑気《のんき》な事を考えたりしていた。そして君は夜の更けて行くのも寒さの募るのも忘れてしまって、そろそろと山鼻の方へ歩いて行った。

脚の下遠く黒い岩浜が見えて波の遠音が響いて来る。ただ一飛《ひとと》びだ。それで煩悶も疑惑も奇麗さっぱり帳消しになるのだ。

「家の者たちはほんとうに気が違がってしまったとでも思うだろう。……頭が先きにくだけるかしらん。足が先きに折れるかしらん」

君は瞬きもせずにぼんやり崖の下を覗きこみながら、他人の事でも考えるように、そう心の中でつぶやく。

不思議な痺れはどんどん深まって行く。波の音なども少しずつかすかになって、耳に這入ったり這入らなかったりする。君の心はただ一図《いちず》に、眠り足りない人が思わず瞼《まぶた》をふさぐように、崖の底を目がけてまろび落ちようとする。危い……危い……他人の事のように思いながら君の心は君の肉体を崖の際から真逆様《まっさかさま》につき落そうとする。

突然君は跳ね返されたように正気に帰って後ろに飛び退《す》ざった。耳をつんざくような鋭い音響が君の神経をわななかしたからだ。

ぎょっと驚いて今更らのように大きく眼を見張った君の前には平地から突然下方に折れ曲った崖の縁《へり》が、地球の傷口のように底深い口を開けている。そこに知らず知らず近づいて行きつつあった自分を省みて、君は本能的に身の毛をよだてながら正気になった。

鋭い音響は眼の下の海産製造会社の汽笛だった。十二時の交代時間になっていたのだ。遠い山の方からその汽笛の音はかすかな反響《こだま》になって、二重にも三重にも聞こえて来た。

もう自然はもとの自然だった。いつの間にか元通りな崩壊したような淋しい表情に満たされて涯もなく君の周囲に拡がっていた。君はそれを感ずると、ひたと底のない寂寥の念に襲われ出した。男らしい君の胸をぎゅっと引きしめるようにして、熱い涙が留度《とめど》なく流れ始めた。君はただ独り真夜中の暗闇の中にすすり上げながら真白に積んだ雪の上に蹲《うずくま》ってしまった、立ち続ける力さえ失ってしまって。

九

君よ!!

この上君の内部生活を忖度《そんたく》したり揣摩《しま》したりするのは僕のなし得る所ではない。それは不可能であるばかりでなく、君を瀆《けが》すと同時に僕自身を瀆す事だ。君の談話や手紙を綜合した僕のこれまでの想像は謬っていない事を僕に信ぜしめる。しかし僕はこの上の想像を避けよう。ともかく君はかかる内部の葛藤の激しさに堪えかねて、去年の十月にあのスケッチ帖と真率な手紙とを僕に送ってよこしたのだ。

君よ。しかし僕は君のために何を為《な》す事ができようぞ。君とお会いした時も、君のような人が——全然都会の臭味から免疫されて、過敏な神経や過量な人為的智見に煩わされず、強健な意力と、強靭《きょうじん》な感情と、自然に哺《はぐく》まれた叡智《えいち》とを以て自然を端的に見る事のできる君のような土の子が——芸術の捧誓者となってくれるのをどれほど望んだろう。けれども僕は喉《のど》まで出そうになる言葉を強いて抑えて、凡てを擲《なげう》って芸術家になったらいいだろうとは君に勧めなかった。

それを君に勧めるものは君自身ばかりだ。君がただ独りで忍ばなければならない煩悶——それは痛ましい陣痛の苦しみであるとはいえ、それは君自身で苦しみ、君自身で癒《いや》さなければならぬ苦しみだ。

地球の北端――そこでは人の生活が、荒らくれた自然の威力に圧倒されて、痩《やせ》地《ち》におとされた雑草の種子のように弱々しく頭を擡《もた》げてい、人類の活動の中心からは見逃がされるほど隔った地球の北端の一つの地角に、今、一つのすぐれた魂は悩んでいるのだ。もし僕がこの小さな記録を公にしなかったならば誰れもこのすぐれた魂の悩みを知るものはないだろう。それを思うと凡ての現象は恐ろしい神秘に包まれて見える。如何《いか》なる結果を齎《もた》らすかもしれない恐ろしい原因は地球のどの隅っこにも隠されているのだ。人は畏《おそ》れないではいられない。

君が一人の漁夫として一生を過ごすのがいいのか、一人の芸術家として終身働くのがいいのか、僕は知らない。それを軽々しくいうのは余りに恐ろしい事だ。それは神から直接君に示されなければならない。僕はその時が君の上に一刻も早く来るのを祈るばかりだ。

そして僕は、同時に、この地球の上のそこここに君と同じい疑いと悩みとを持って苦しんでいる人々の上に最上の道が開けよかしと祈るものだ。この切なる祈りの心は君の身の上を知るようになってから僕の心の中に殊に激しく強まった。

ほんとうに地球は生きている。生きて呼吸している。この地球の生まんとする悩み、この地球の胸の中に隠れて生れ出ようとするものの悩み――それを僕はしみじみと君によって感ずる事ができる。それは湧き出で跳り上る強い力の感じを以て僕を涙ぐませる。

君よ！　今は東京の冬も過ぎて、梅が咲き椿が咲くようになった。太陽の生み出す慈愛の光を、地面は胸を張り拡げて吸い込んでいる。春が来るのだ。

君よ春が来るのだ。冬の後には春が来るのだ。君の上にも確かに、正しく、力強く、永久の春が微笑めよかし……僕はただそう心から祈る。

語注

P8 **ニセコアンの丘陵** ニセコアンヌプリ。北海道虻田郡ニセコ町にある山。標高一三〇九メートル。有島農場からは北北西に望むことができる。ニセコアンとはアイヌ語で「切り立った崖（の下を流れる川）」という意味。

P41 **アレッグロ** allegro 音楽用語の一種。「快速に」「陽気に」の意味。

P41 **Largo Pianissimo** 音楽用語の一種。ラルゴは「幅広くゆるやかに」、ピアニッシモは「さらに弱く」の意味。

P42 **Allegro molto** 音楽用語の一種。「きわめて速く、にぎやかに」の意味。

P71 **クリムソンレーキ** crimson lake 深紅色の絵具のこと。

P106 **参宿**《オライオン》 オリオン座のこと。オライオンは英語読み。

ブックガイド

「生れ出づる悩み」とは？

集英社文庫編集部

0　はじめに

本書『生れ出づる悩み』のテーマを一言で表せば、「人はいかに生きるべきか」となるだろう。これは「芸術のために生きるか、労働のために生きるか」とも、「個人として生きるか、家のために生きるか」とも言い換えられるし、もうすこし極端に言えば、「自分の才能の可能性を信じられるか、信じられないか」ともなる。

有島武郎は、四五歳で自ら死を選ぶまで、こうした二律背反する問いをつねに自分自身に投げかけつづけた。理想と現実のはざまで揺れるこの生真面目さは、生来の性格によるものであると同時に、生まれ育った環境や、出会った人々の影響によって、徐々に形作られたものでもあるだろう。そこでまずは有島武郎の人生を、いくつかの時代に区切りながら辿ってみることにしよう。

1　生い立ち

有島武郎は、一八七八年三月四日に東京小石川で生まれた。同年に生まれた著名人に、歌人の与謝野晶子、物理学者で随筆家の寺田寅彦、首相も務めた政治家の吉田茂などがいる。

父親はエリート官僚で、のちに実業家に転身し成功を収めた人物だったが、長男である武郎以下、子どもたちが芸術や文学に親しむのをよく思わなかったために、「私達は父の目を掠《かす》めてそれを味わなければならなかった」と武郎は回想している（『私の父と母』、筑摩書房「有島武郎全集」七巻）。息子を官僚か実業家にと考えていた父の思惑は外れ、弟たちも長じて画家（有島生馬《ありしまいくま》）や作家（筆名・里見弴《さとみとん》）となった。

横浜税関長に就任した父とともに、四歳の武郎は横浜に移り住む。文明開化の風を読んだ父は、武郎にミッションスクール（横浜英和学校）での英語習得と欧米教育を課す一方で、家では武士道に基づく理念や儒教的教育を施した。つまり、武郎は幼少期においてすでに、二つの相反する価値観――西欧のキリスト教か、日本的儒教か――のはざまに立たされる。こうした信仰の問題は、長く解消しきれないわだかまりとして残った。

その後、学習院中等科へ進学したころから、文学、絵画、歴史への関心をより深めてゆく。創刊されたばかりの雑誌「小国民」を愛読し、当時の流行作家・村上浪六《むらかみなみろく》をまねて、兵六のペンネームで『慶長武士』といった歴史小説を書いたりもしている。書くことを、純粋に楽しむ少年の姿がここにはある。

2　青年時代（北海道・アメリカ）

総じて学業優秀、品行方正との評価を得て、一八九六年の中等科卒業時には、このまま学習院高等科、そして帝国大学へと進学するのが順当と周囲には思われていたが、武郎はその進路から大きく舵《かじ》を切り、「北海道という未開地の新鮮な自由な感じ」への憧れを志望理由に（『リビングストン伝』第四版序、筑摩書房「有島武郎全集」七巻）、札幌農学校（のちの北海道大学）への入学を決める。「少年よ大志を抱け」の言葉を残したクラーク博士が、事実上創設したことでも知られるこの学校では、キリスト教信仰に基づく教育が行なわれ、武郎も自由主義・理想主義におおいに感化されてゆく。

級友・森本厚吉との出会いも大きな意味を持った。自身の信仰心をめぐって悩む森本と訪れた札幌郊外の定山渓《じょうざんけい》では、二人で自殺を企て、すんでのところで思いとどまるという経験もしている。ひとつの事柄を思いつめやすい、武郎の性格をよく表すエピソードといえる。この出来事をきっかけに、家族の反対を押し切り、キリスト教へ入信するのは、一九〇一年のこと。しかし、「怠惰と性慾とは已む時なく私の刺となって、私が外面的に清い生活を営む程私を苦しめ始めた」（同前）とのちに回想するように、ここでも「性か信仰か」「肉か霊か」という対立する二項に、ひどく苦悩した。

農学校を卒業後、短い軍隊生活を送った武郎は、次なる目標を定めた。それは、アメリカへの留学である。

一九〇三年、横浜港からシアトルへの二週間の船旅と陸路での大陸横断ののち、留学先であるフィラデルフィアのハヴァフォード大学大学院に赴く。「日本文明史」を研究テーマに、講義の聴講に励んだ武郎は、わずか一年で文学修士の学位を得た。翌年はハーヴァード大学に在籍するものの講義に興味が持てず、もっぱら図書館に通い、文学作品に親しんでゆく。親の目も届かず、学業にも区切りがついたこのときこそ、純粋な読書を楽しむことができたのだろう。そんな折、生涯の愛読書となる、詩人・ホイットマンの『草の葉』と出会う。自己矛盾をも抱えこんだ、人間の「生そのもの」を肯定する言葉に感銘を受けた。

明治32(1899)年6月4日、札幌農学校在学中に級友の森本厚吉(右)と

明治23(1890)年、学習院中等科入学のころの武郎

明治38(1905)年、アメリカ留学中の武郎。ワシントンのコーコーラン美術館前にて

ヨーロッパ周遊の半年間を合わせた約三年半の海外生活をもって、武郎の青春時代は終わりを告げたといえる。しかし、武郎のこの青年時代の内的苦悩は、帰国後に就職をしても結婚をしても、より深刻さを増しこそすれ、解消することはなかった。

3　就職と結婚

留学を終え、三〇歳になろうという武郎にとって、就職と結婚は越えなければならない難所だった。文学者になるか、教育者になるか、農業を手掛けるか――。どれとも決められなかった武郎に、母校・東北帝国大学農科大学（札幌農学校が改称）での英語教師の声が掛かる。英語以外では「倫理」を担当。海外生活の体験も交え、熱心に行なった講義は、たちまち学生たちの人気を博した。

赴任の翌一九〇九年には、陸軍中将・神尾光臣の娘、安子と見合い結婚をする。農学校時代の恩師・新渡戸稲造《にとべいなぞう》の姪《めい》、河野信子との結婚を父親に反対されて以来、相手探しはなかば、他人まかせにしていた。札幌での新婚生活が始まると、武郎はまたしても「性か信仰か」で悩み、自身の信仰心のゆらぎをはっきりと意識することになる。教会への不信感を抱きながら、それでも日曜学校の校長への就任依頼を断れなかった、自分の偽善者ぶりをも責めた。

明治42（1909）年３月、神尾安子との結婚記念写真

明治41（1908）年11月、母校の東北帝国大学農科大学（旧札幌農学校）で教鞭を執っていたころの武郎

明治44（1911）年1月15日、雑誌「白樺」の仲間たち（左から田中雨村、志賀直哉、里見弴、武者小路実篤）

他人からは幸福で、順調に見えたであろうこの時期も、武郎の内部ではつねに自問自答が繰り返されていたのだった。生活のための教師業を続けるべきか、理想を掲げて文学者を目指すべきか。結婚生活を謳歌し凡人として暮らすべきか、信仰とともに禁欲的な潔癖さを保って暮らすべきか、と。これ以上自分をごまかせないと悟った武郎は、ひとつの結論を出す。それが、教会からの退会――棄教である。

4　変化のとき

四歳にして始まった、自我と信仰心の長い戦いの歴史には、三二歳で正式に棄教を決断したことで、ひとまず終止符が打たれた。この精神の大変革と時を前後し、武郎はさらにいくつかの変化を自身に引き受ける。

一つ目は、父親が北海道狩太《かりぶと》（現在のニセコ町）に所有していた政府払下げの農場を、武郎名義としたこと。これにより武郎は、総面積四五〇ヘクタールの大農場経営者としての役割も担い始める。

二つ目は、志賀直哉や武者小路実篤らによって創刊された、雑誌「白樺」に同人として参加したこと。「白樺」は武郎にとって、文学の志を同じくする仲間との出会いの場であるとともに、作品発表のためのたしかな足場となった。

大正5（1916）年10月、北海道ニセコの狩太農場事務所前にて関係者たちと（右から2人目が武郎）

大正9（1920）年6月、3人の子供たち（右から二男・敏行、長男・行光、三男・行三）と

三つ目は、年子で生まれた三人の息子の父親となったこと。

そして四つ目は、妻の安子が肺結核にかかり、気候の温暖な土地での療養が必要と診断されたこと。そのため武郎は農科大学の教師の職を辞して一家で帰京し、安子は鎌倉に転居する。

しかしそうした鎌倉での療養の甲斐もなく、一九一六年、妻はわずか二七歳で命の灯を消し、それから半年も経たないうちに、今度は多大な影響力を持っていた父まで亡くなった。武郎が三八歳のときである。「死は人を遠くするよりも近くするものだという事実だけははっきり合点がゆきました」（吹田順助宛書簡大正五年八月一七日、筑摩書房「有島武郎全集」一三巻）と友人宛ての手紙に深い喪失感を表した武郎は、二人の死をきっかけに、残りの人生を文学者として生きることを決断する。

「私は凡《すべ》てを擲《なげう》って子供の時からの唯一つの欲求だった芸術の世界に飛び込んだ。私のこれからの生活は私の芸術を、即《すなわ》ち私の自己を完成する為めに用いられねばならぬ」（前掲『リビングストン伝』第四版序）。人の命のはかなさを目の当たりにし、自己実現のために費やせる時間がさほど多くないことを悟ったのだろうか。優等生として、また一家の長男として、そして社会的な人格者として、つねに自分の欲望を抑圧してきた武郎が、ついにその殻をやぶった瞬間だともいえる。

5　全盛期の仕事

こうして文学者・有島武郎は誕生した。

とりわけ、文学へ専心すると覚悟を決めた直後の一九一七年から一九年の三年間には、『カインの末裔』をはじめ、『平凡人の手紙』『クララの出家』『小さき者へ』などの優れた短篇作品を相次いで発表し、一気に文壇的地位を確立した。

本書『生れ出づる悩み』を書いたのも、「白樺」に連載していた「或る女のグリンプス」に徹底的に手を入れて『或る女』前篇として刊行したのも、さらには後篇を書き下ろして大長篇『或る女』を完成させたのも、このころだ。短篇、長篇、戯曲、評論と、形式を問わず積極的に執筆を重ね、しだいに名声も高まっていった。結果的に、作家として最も充実した三年間となった。

これら、短期間で発表された小説の作風は、じつに多種多様といえる。たとえば、北海道の怒れる小作農民を主人公にした『カインの末裔』と、内なる性的衝動に怯《おび》えつつキリストへの絶対的な愛を誓うアッシジの少女を主人公とした『クララの出家』とは、同じ作家が同年に書いたとは思えないほどの違いがあるし、また、母を亡くした幼き息子たちへ強く生きよと語りかける、ほぼ実体験に即した小品『小さき者へ』

を書く一方、『或る女』では、一人の女性の悲劇的で破滅的な生涯を重厚に描き切ってもいる。

しかしこれらの多様なる作品にも、ひとつの共通点を見出すことができるだろう。それは、「一人ひとり、ただ一度きりの生のありよう」をテーマにしていることだ。年齢も、性別も、置かれた境遇も異なる主人公たちではありながら、彼らはみな、自分の「存在」を一瞬もないがしろにはしない。この世に生を享《う》けた意味を、いかに生きるべきかを、熱く真摯に問いつづける姿が描かれているのだ。

この姿勢は、これまで見てきたように、武郎自身のそれである。武郎は、小説の時代設定や舞台に変化を付けつつも、自身が抱える問題から出発して小説を書いていった。つまり、怒れる小作農民も、聖少女クララも、『或る女』の葉子も、それぞれが有島武郎という作家の「分身」のような側面を備えている。そして、「分身」を作中に登場させることの、もっとも顕著にしてユニークな例が、この『生れ出づる悩み』なのだ。

6 『生れ出づる悩み』のストーリーとそのモデル

『生れ出づる悩み』は、一九一八年三月から大阪毎日新聞に連載が始まり、武郎の病気による中断を挟んで、八月に完成する。

ストーリーは、小説家と一人のアマチュア画家の、出会いと交流の模様を追っていく。小説家の「私」は、画家が少年の時に初めて出会い、それから十年後に再会を果たす。一貫してその絵の才能を認めていた「私」は、画家が自身の可能性を信じきれぬまま、漁師という生活のための労働と、絵を描きたいという芸術への志向のはざまでもがくのを、ただ見守るのだった——。

作品に登場する青年画家・木本にはモデルとなった実在の人物がおり、武郎はその人物・木田金次郎と実際に交流を深くした。一九一〇年に札幌で出会い、一七年にはニセコの有島農場で再会、のちには木田の習作を展示・販売して収益を送るといった協力も惜しまない、良好な関係を築いている。つまり、作中に登場する小説家の「私」は、有島武郎本人とほぼ同じと考えても差し支えはないだろう。また、武郎の日記等と照らしあわせても、小説に描かれる一つ一つの出来事や引用される手紙などは、実際の体験や実物に基づいているといって間違いではない。

しかし、木田自身、小説が連載された新聞を「得体のしれない、むしろ気味わるいような不安な気持」で待ったというように（木田金次郎『「生れ出づる悩み」と私』北海道新聞社）、『生れ出づる悩み』がエッセイではなく小説作品として書かれた以上、そこにはフィクショナル＝創作的な要素が多分に付け加えられていると考えるべきである。

そこで、以降は必要以上に「私」に有島武郎本人の姿を重ね合わせることは避け、作品世界はそれ単独で独立しているとみなして読み解いていくことにしよう。

7　小説『生れ出づる悩み』の読み解き方

作品は、このように始まる。

私は自分の仕事を神聖なものにしようとしていた。ねじ曲ろうとする自分の心をひっぱたいて、できるだけ伸び伸びした真直な明るい世界に出て、そこに自分の芸術の宮殿を築き上げようと藻掻《もが》いていた。（中略）私は、机の向うに開かれた窓から、冬が来て雪に埋もれて行く一面の畑を見わたしながら、滞りがちな筆を叱りつけ叱りつけ運ばそうとしていた。（本文p7）

「私」は、「滞りがちな筆を叱りつけ叱りつけ」して、芸術と呼びうるよい作品を書こうと不断の努力を続ける小説家である。そんな「私」が回想形式で語るのは、作中、

『生れ出づる悩み』の主人公・木本のモデルとなった木田金次郎。大正9(1920)年、27歳のころ

大正7(1918)年9月、叢文閣より発行された『有島武郎著作集第六輯』。装幀は、弟の生馬による

「木本君」とも「君」とも呼ばれる少年との思い出だ。

少年はかつて、複数枚の絵を持参した。小説家は「不安らしいそのくせ意地張りな眼付き」をした彼のたたずまいと、なによりその天才的な絵に魅せられる。そして十年後、今度は「小気味悪い魚の匂」いを放つ「手垢でよごれきった手製のスケッチ帖が三冊」と一通の手紙が届き、それらを一目見た「私」は、矢も盾もたまらず彼との再会を望む。そしてもはや少年とは呼べない、筋肉の盛り上がった青年を前に、「なんという無類な完全な若者だろう」と感嘆すると同時に、彼が貧しい漁師として「パンのために精力のあらん限りを用い尽さねばならぬ十年」を過ごしたこと、それでも絵を描きたいという強い欲求を捨てずにきたことなどを、興味深く聞いてやるのだ。

青年は、生活のために、父も兄も従事する家業としての漁業に身を投じたことで、絵を描くための時間が奪われた。さりとて画業で食べていける自信も持てない。そんなふうに「生活優先か、芸術追求か」と懊悩《おうのう》する青年の姿に、「私」は自分の身上を重ね、深い感慨にふけることになる。

しかしこの作品は、ここで終わらないところに真の面白さがある。以降第五章からは、いわば『生れ出づる悩み』の第二部の幕が開ける。

長い冬の夜はまだ明けない。雷電岬と反対の湾の一角から長く突き出た造り損ねの防波堤は、大蛇の亡骸《むくろ》のような真黒い姿を遠く海の面に横えて、夜目にも白く見える波濤の牙が、小休《おや》みもなくその胴腹に噛《く》いかかっている。（p39）

これは、小説家である「私」が見てきたことでもなければ、青年が語ったそのままでもない。青年と父兄が乗っている冬の夜の大和船を、そしてその漁の模様を、「私」が自らの小説家としての能力と想像力を駆使して、「物語化」してみせているのだ。その想像力は、大和船が遭難する場面にも肉薄していく。漁師たちを襲う波風の臨場感あふれる描写や、親子の情愛に満ちたやりとりは、まるでカメラで映像を写し撮ったかのようだ。たとえばこのように。

はっと思ったその時遅く、君らはもう真白な泡に五体を引きちぎられるほどもまれながら、船底を上にして顚覆した船体にしがみつこうと藻掻いていた。見ると君の眼の届く所には、君の兄上が頭からずぶ濡れになって、ぬるぬると手がかりのない舷《ふなべり》に手をあてがってはすべり、手をあてがっては滑りしていた。君は大声を揚げて何かいった。兄上も大声を揚げて何かいってるらしかった。しかしお互に大きく口を開くのが

見えるだけで、声は少しも聞こえて来ない。（p52～53）

こうして、漁師の厳しい労働の様子が多くの分量を割いて描写されることで、読者は、青年のいだく苦悩の奥深さに触れることができる。生半可な態度では、自分のみならず、家族全員の命を落としかねない過酷な状況であるからこそ、青年は「生活」を軽視することができないのだ。

そして第八章に至り、「私」は、青年が止まぬ思いから手製のスケッチ帖に鉛筆を走らせるシーンにまで想像力を羽ばたかせる。北海道後志《しりべし》地方《ちほう》の圧倒的な大自然を前に、空腹も時間の経過も忘れ、ただひたすらスケッチに没頭する青年の姿には、リアリティという言葉では言い尽くせない「迫真性」が宿っている。

君は躍鬼《やっき》になって次ぎのページをまくる。そして自分の心持ちを一際《ひときわ》謙遜な、そして執着の強いものにし、粘り強い根気でどうかして山をそのまま君の画帖の中に生かし込もうとする、新たな努力が始まると、君はまた総ての事を忘れ果てて一心不乱に仕事の中に魂を打込んで行く。そして君が昼弁当を食う事も忘れて、四枚も五枚ものスケッチを作った時には、もう大分日は傾いている。（p95）

繰り返しになるがこれは、「中《あた》っていようが中っていまいが、（中略）私の唯一の生命である空想が勝手次第に育って」（p84）いったものである。いわば「私」は、神のように青年を眺め、心の中をうかがい、その姿を映し出してゆくのだ。

ここでひとつ、素朴な疑問がわくかもしれない。なぜ「私」は、青年の姿をここまで詳細に想像＝創造し、「物語化」しなければならないのか、と。その答えこそ、「私」が作家――それも、芸術か生活かと深く考察し、「芸術の宮殿を築き上げようと藻掻」き続ける作家――であるからに他ならない。

8　小説の構成と〈創作バトル〉

整理をしてみよう。

有島武郎はまず、小説家である「私」と天才青年画家との、出会いと十年後の再会のシーンを描いた（①）。続いて、青年の、過酷な海上での労働の様子を描き（②）、そうした労働の間隙《かんげき》を縫って、絵と自然の融合を志向し続ける彼の一途な姿をも描いた（③）。

②と③は、有島武郎が書いたものであると同時に、作中人物の「私」が書いた作品

であるともいえる。つまり、絵画という手段で大自然を切り取り、十全に作品化してみせる若き天才画家の才能に触発された小説家の「私」が、文字という手段で、大自然に立ち向かう人間の姿を作品化してみせたのが、②と③の部分だと考えることもできるのだ。ここには、小説家の「私」が、画家に〈創作バトル〉を仕掛けているかのような、スリリングな趣がある。

そして第八章の終わりに至り、「私」はひき続き、想像力によって青年の心の内を映し出し、自殺の企てとその失敗という衝撃的な出来事を描く(④)。しかし④もまた、なんら証拠立てるものがあるわけではない。「私」が「君の内部生活を忖度《そんたく》したり揣摩《しま》したり」したものにすぎないからだ。ただ、「私」の小説家としての本能と嗅覚が、また、同じく芸術を志向する者としての「共感」が、青年の心境のひとつの可能性を探り出したのである。

おそらく小説家は、若き画家に「同情」したのではない。かつての自身の姿を投影して、懐かしんだのでもない。いわば彼のその才能に心から嫉妬し、それゆえに〈創作バトル〉を挑み、あえて自殺の可能性というショッキングな領域に踏み込むことで、それほどまでに二人が似た者同士であることを表明したのではないだろうか。

「私」が、有島武郎その人が投影された登場人物であることは当然として、青年画家もまた、有島の「分身」的存在だといえるのだ。

9　二人称という「語りのマジック」

あまり一般的とはいえない「君」という二人称によって、小説が書き進められたことも、ひとつのキーポイントとなっている。「君」とはいったい誰を指しているのだろうか。もちろん、「君」とは本来、「私」が呼びかけている相手であるから、直接的には画家である木本青年を意味する。しかし、二人称小説の効果とは、「君は」「君が」と繰り返されるうちに、読者がそれを自分自身への語りかけであるかのような錯覚を覚える点である。

つまり「君」とは、木本青年であると同時に、この作品を読む読者一人ひとりを指しているともいえる。ひいては、「君」のなかには、いかに生きるべきかを苦悩するあらゆる人が内包されてゆくのだ。

　君よ！　今は東京の冬も過ぎて、梅が咲き椿が咲くようになった。太陽の生み出す慈愛の光を、地面は胸を張り拡げて吸い込んでいる。春が来るのだ。

　君よ春が来るのだ。冬の後には春が来るのだ。君の上にも確かに、正しく、力強く、

永久の春が微笑めよかし……僕はただそう心から祈る。（p112）

この、「君＝読者」の効果により、どこか自己陶酔的でドラマティックな表現が目立つ『生れ出づる悩み』に対しても、読者は気恥ずかしさをあまり感じることなく、感情移入ができるのではないだろうか。二人称の呼びかけによって、読者までをも作中世界へ引きずり込んでしまう、有島武郎の語りのマジックは見事というしかない。

10 『生れ出づる悩み』のその後

こうして有島武郎は、短くも複雑な構成を持つ『生れ出づる悩み』によって、自身のこれまでの苦悩を吐き出し、真の「芸術」へと昇華してみせた。文学者として手ごたえも感じていたに違いない。

ただし、その絶頂期の終焉はあまりにも早く訪れる。『生れ出づる悩み』の発表後、わずか四年で武郎は自身の才能の枯渇を訴え始め、おそらくはそれもひとつの要因となって、狩太の農場を小作農民たちの共同所有という形式で無償で解放し、さらに父から受け継いだ財産を整理し、ついには人妻である女性編集者・波多野秋子との心中という結末を自ら用意するのである。

大正11(1922)年12月、晩年の武郎

武郎没後に設立された「狩太共生農団」の農場入口跡に今も立つ石碑〈S〉

「婦人公論」編集者の波多野秋子

そのとき、『小さき者へ』で、母を亡くしても強く生きよとメッセージした息子たちは、まだ十歳前後。父親としては身勝手な自死を非難する周囲の声は高かったが、「芸術」を徹頭徹尾、志向し続けた武郎にとって、小説の神に見放されたことは耐えがたかったのだろう。

しかし、残された作品がいまなお輝きを失っていないことは、これまで見てきた通りである。書かれてからおおよそ一世紀が経とうとする現在もなお、どう生きるべきかの方向を見失いそうな読者にとって、羅針盤の役割を果たしてくれるのが、この『生れ出づる悩み』なのだ。

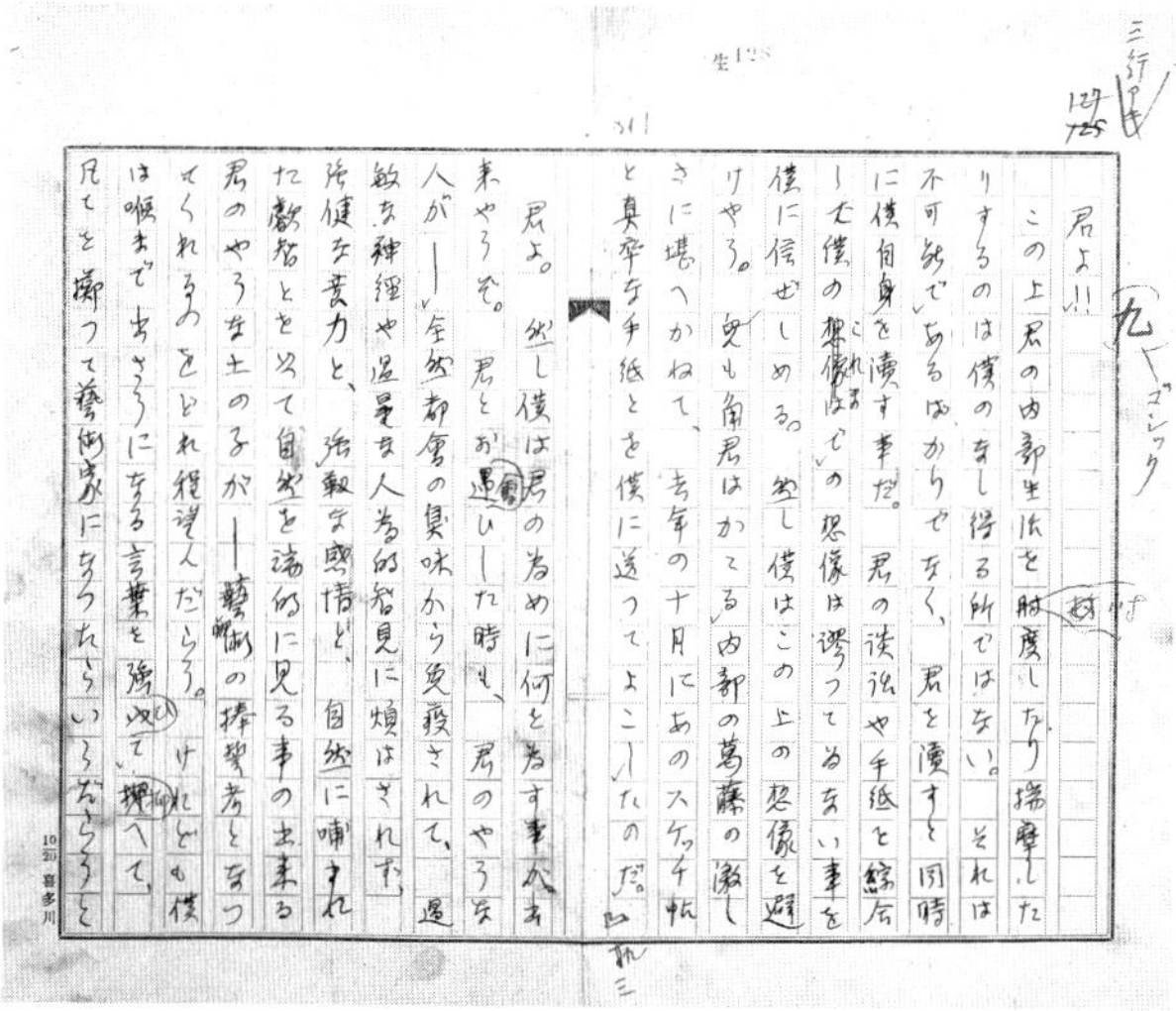

九

君よ!!

この上君の内部生活を忖度したり揣摩したりするのは僕のなし得る所ではない。それは不可能であるばかりでなく、君を涜すと同時に僕自身を涜す事だ。君の談話や手紙を綜合した僕のこれまでの想像は謬つてゐない事を僕に信ぜしめる。然し僕はこの上の想像を避けやう。兎も角君はかゝる内部の葛藤の激しさに堪へかねて、去年の十月にあのスケッチ帖と真率な手紙とを僕に送つてよこしたのだ。

君よ。然し僕は君の為めに何を為す事が出来やうぞ。君とお遇ひした時も、君のやうな人が——全然都会の臭味から免疫されて、過敏な神経や過量な人為的智見に煩はされず、強健な意力と、強靭な感情と、自然に哺まれた叡智とを以て自然を端的に見る事の出来る君のやうな土の子が——藝術の捧誓者となつてくれるのをどれ程望んだらう。けれども僕は喉まで出さうになる言葉を強ひて抑へて、凡てを擲つて藝術家になれといふだらうと

『生れ出づる悩み』直筆原稿(最終章冒頭部)

年譜

一八七八年　三月四日、父・武、母・幸《ゆき》の長男として、東京小石川に生まれる。父はエリート大蔵官僚だったが、のちに上司と衝突し、実業家へ転身、一家をなす。
一八八二年――四歳　六月、一家で横浜へ転居。
一八八四年――六歳　八月から横浜英和学校に通う。前年より英語を学ぶ。
一八八七年――九歳　九月、学習院予備科へ編入、寄宿舎生活を送る。
一八八八年――十歳　皇太子（のちの大正天皇）の学友に選ばれ、毎週土曜日に吹上御所を訪れる。
一八九〇年――十二歳　九月、学習院中等科に進学。前年創刊された雑誌「小国民」を愛読、絵画・文学・歴史への関心を高める。
一八九三年――十五歳　父が大蔵省を辞職。祖母の家で世話になると同時に、「一心克己」のしつけを受ける。
一八九五年――十七歳　相次ぐ病気のために成績が下がり、私塾に通う。

一八九六年――十八歳　七月、学習院中等科卒業。「北海道という未開地の新鮮な自由な感じ」に憧れ、九月、札幌農学校へ編入。教授を務めていた、遠縁にあたる新渡戸稲造に好きな教科を聞かれて「文学と歴史」を挙げたところ、「この学校は見当違いだ」と笑われる。

一八九九年――二一歳　二月、級友・森本厚吉と定山渓に行き、死を覚悟するも思いとどまる。森本の影響を受けキリスト教入信を決意するが、家族に反対される。九月、父・武が、北海道の狩太村（通称マッカリベツ原野、現ニセコ町）の農場を入手する。

一九〇一年――二三歳　三月、森本との共著『リビングストン伝』を出版。七月、札幌農学校を卒業。卒業論文のタイトルは「鎌倉幕府初代の農政」。十二月から翌年十一月まで、一年志願兵として軍隊生活を送る。

一九〇三年――二五歳　八月、アメリカ留学へ出発。フィラデルフィアにある、ハヴァフォード大学大学院に入学する。翌年六月、論文「日本文明の発展――神話時代から将軍家の滅亡まで」で学位修得後、九月には、ハーヴァード大学で聴講生となる。ホイットマン、トルストイ、ツルゲーネフ、イプセンらの文学作品に親しむ。

一九〇六年――二八歳　九月、アメリカ留学を終え、ヨーロッパ周遊へ。イタリア留学中の弟・壬生馬《みぶま》（筆名・生馬）とも再会する。スイスでは、生涯の友となるティルダ・ヘックと知り合う。
一九〇七年――二九歳　四月、帰国。新渡戸稲造の姪・河野信子との結婚を父に反対され、心に痛手を負う。壬生馬を通じて、志賀直哉や武者小路実篤らと知り合う。十二月、母校・東北帝国大学農科大学（札幌農学校が改称）の英語講師に任ぜられる。
一九〇八年――三〇歳　一月、札幌へ赴任し人気講師となる。信仰心が揺らぐなか、日曜学校の校長をつとめる。三月、狩太の農場が武郎名義になる。
一九〇九年――三一歳　三月、十一歳年下の、陸軍中将・神尾光臣の次女・安子と結婚。信教への懐疑がいっそう深まる。
一九一〇年――三二歳　四月「白樺」創刊、弟・英夫（筆名・里見弴）、壬生馬とともに同人になる。日曜学校の校長を辞するとともに、教会から退会し、ついに信仰を放棄する。十一月、『生れ出づる悩み』のモデルとなる画家・木田金次郎と知り合う。
一九一一年――三三歳　一月、長男・行光（のちの映画俳優・森雅之）誕生。「或る女のグリンプス」（のちに『或る女』前篇へ改題）を「白樺」に連載する。

一九一二年――三四歳　七月、次男・敏行誕生。

一九一三年――三五歳　十二月、三男・行三誕生。

一九一四年――三六歳　九月、妻・安子が肺結核を患い、十一月、鎌倉での療養生活に入る。一家は札幌から東京へ住まいを移す。

一九一五年――三七歳　三月、農科大学に辞表を提出、休職扱いとなる。

一九一六年――三八歳　八月、安子死去（享年二七）。十二月、父・武死去（享年七四）。二人の死がきっかけとなり、本格的に創作活動に打ち込む。

一九一七年――三九歳　七月「平凡人の手紙」を「新潮」に、「カインの末裔」を「新小説」に、九月「クララの出家」を「太陽」に発表。これらの優れた短篇を多く発表することで、作家としての名声が一気に高まった。十月、新潮社より『有島武郎著作集』の刊行が始まる。第一輯の収録作品は『死』。十一月、狩太の農場で木田金次郎と再会を果たす。

一九一八年――四〇歳　一月「小さき者へ」を「新潮」に発表。三月「生れ出づる悩み」を大阪毎日新聞・東京日日新聞に連載するが、病気のために中断。四月、肺結核の疑いから翌五月まで入院するも、実際は風邪であった。八月「生れ出づる悩み」完成、九月刊行。それまで新潮社が刊行していた『有島武郎著作集』は、『生れ出づる悩み』を収めた第六輯以降、札幌時代からの友人・足助素一が興した出版社叢文閣での刊行となった。
一九一九年――四一歳　二月、自邸で木田金次郎の習作展覧会を開き、収益を木田に送る。「或る女のグリンプス」を大幅に改稿、三月、『或る女』前篇として刊行する（著作集第八輯）。引き続き、後篇執筆に専念するため、鎌倉の円覚寺に籠る。六月、『或る女』後篇を刊行（著作集第九輯）。その合間に、客員教授であった同志社大学での集中講義や、軽井沢の夏季大学課外講演などをこなす。十二月、『三部曲』を刊行（著作集第十輯）。
一九二〇年――四二歳　六月、五年以上を費やしてまとめた評論集『惜みなく愛は奪う』を刊行（著作集第十一輯）。「今までに達し得た思想の絶頂」という手ごたえを得る。一方で創作の勢いは徐々におとろえ、足助に「僕の力はもう終焉に来たのではないか」などと書簡を送る。「運命の訴え」を未完のまま放棄する。
一九二一年――四三歳　愛読するホイットマンの詩の翻訳をまとめ、十一月『ホヰットマン詩集』第一輯を叢文閣から刊行する。十二月、露国飢饉救済募金のための講演会に参加、警察に妨害されたが、講演会は開会された。
一九二二年――四四歳　三月、狩太の有島農場解放と財産放棄の意向を弟妹に伝える。

四月、ひきつづくスランプの中、生活改造を決意し借家に移り住む。五月、『星座』刊行（著作集第十四輯）。七月、有島農場にて小作人を集め、農場解放（無償譲渡）を宣言する。八月ごろ「婦人公論」の編集者、波多野秋子と親しくなる。十月、個人雑誌「泉」を叢文閣から創刊。

一九二三年――四五歳　三月、財産放棄の具体案を弟妹と相談する。四月、五月は講演旅行を積極的にこなす。六月、波多野秋子と軽井沢の別荘である浄月庵に赴き、九日未明、共に縊死自殺。七月、遺体発見。葬儀では弟・壬生馬が「この後しばらくは世人より彼の死に就いて毀誉褒貶さまざまであろうが、しかし彼の死はそれら毀誉褒貶の彼方にある」といって泣き崩れた。青山墓地に埋葬、のちに多磨霊園に改葬された。十一月、『ドモ又の死』刊行（著作集第十六輯）。

（この年譜は、有島に関連する様々な年譜を参考に編集部で作成しました。）

文学散歩ガイド

わずか四五年、自らの手で人生の幕を引いた有島武郎。その生涯、文学、思想の一端に触れることができる施設を紹介する。本書を片手に訪ねてみたい。

有島記念館

米国留学を機にキリスト教に疑問を持ち始めた有島武郎は、トルストイやホイットマン、クロポトキンらの文学や思想に共感し、小作制農場がいかに不公正なものであるかを認識する。大正一一（一九二二）年、所有する農場約四五〇ヘクタール（東京ドーム約九六個分）を、土地共有を前提とした無償解放を宣言し、翌年有島は自らの命を絶つ。生前より当時の社会体制の下での自治組織の運営のあり方を依頼されていた親友・森本厚吉らが検討の末、大正一三（一九二四）年「有限責任狩太共生農団信用利用組合」という形で実現することになり、有島の理

有島農場跡に今も立つ農場解放記念碑。狩太共生農団発足の年に建てられた
（写真提供・有島記念館）

想とする「相互扶助」の思想による画期的な試みが実践に移された。農団は農民の合議制で運営され、経済的安定のため農作物の生産から販売までを一貫して行うなど、新しいシステムでの運用が試みられた。昭和二四（一九四九）年のGHQ指導による農地改革で農団は解団となり、四半世紀にわたる歴史に終止符が打たれた。解団に際し団員らによって有島謝恩会が結成され、有島の農場解放の理想を後世に伝えるべく農団事務所の一部（高座敷と呼ばれ、有島父子来場の折に使用した部屋）を有島記念館とした。この建物は焼失

羊蹄山とニセコ地方〈S〉

したが、謝恩会らによる昭和三八（一九六三）年建設の有島謝恩会館を経て、有島武郎生誕百年にあたる昭和五三（一九七八）年、ニセコ町により現在の有島記念館が開館された。代表作『カインの末裔』の舞台、本書『生れ出づる悩み』誕生の契機となった木田金次郎との再会など、有島文学の母胎といえる農場跡地に建つ館内には、有島農場や狩太共生農団に関する資料を含め、写真、書簡、書、絵画、初版本など数多くの資料が展示されている。

羊蹄山を望む記念館外観（写真提供・有島記念館）

INFORMATION

住　所	〒048-1531　北海道虻田郡ニセコ町字有島57
T E L	0136-44-3245
開　館	午前9時～午後5時（入館は午後4時30分まで）
休　館	毎週月曜日及び年末年始（ただし、夏期は月曜日でも開館する場合があります。お問い合わせ下さい）
入館料	大人500円、高校生100円、中学生以下無料、団体10名以上は1人400円
U R L	http://www.town.niseko.lg.jp/arishima_museum/

※記載したデータは2018年6月現在のものです

木田金次郎美術館

有島武郎の死を機に画家として生きることを決意した木田金次郎は、有島の言葉「その地に居られてその地の自然と人とを忠実に熱心にお眺めなさる方がいい」に従い、郷里・岩内でその自然を描き続けた。画壇や公募展に距離を置く独自の創作スタイルを貫きながら、昭和二八（一九五三）年「木田金次郎個人展」を開催、画家として身を立てるに至った。翌年の岩内大火で一度は作品の大半を焼失するが、その後精力的に創作に励み、新たな画境を切り開く。

それらの作品を収蔵するのが平成六（一九九四）年に旧国鉄岩内駅舎跡地に開館した木田金次郎美術館である。機関車のターンテーブルをイメージした円筒形の外観を持つ建物は木田の長男・尚斌《なおたけ》氏の設計による。館内には約一四〇点の油彩と七五点のデッサン、愛用の画材、有島からの書簡などが展示されている。二階に設けられた展望回廊からは岩内岳や雷電峠、日本海を望むことができる。

晩年の木田金次郎（写真提供・木田金次郎美術館）

現在の岩内港〈S〉

美術館外観（写真提供・木田金次郎美術館）

INFORMATION

住　所	〒045-0003　北海道岩内郡岩内町万代51-3
T E L	0135-63-2221
開　館	午前10時〜午後6時（入館は午後5時30分まで）
休　館	毎週月曜日（ただし、祝日にあたる場合はその翌日）、年末年始。展示入替えによる臨時休館あり
入館料	一般 500円（400円）、高校生 200円（150円）、小・中学生 100円（80円）。（　）は10名以上の団体料金
U R L	http://www.kidakinjiro.com/

※記載したデータは2018年6月現在のものです

MAP

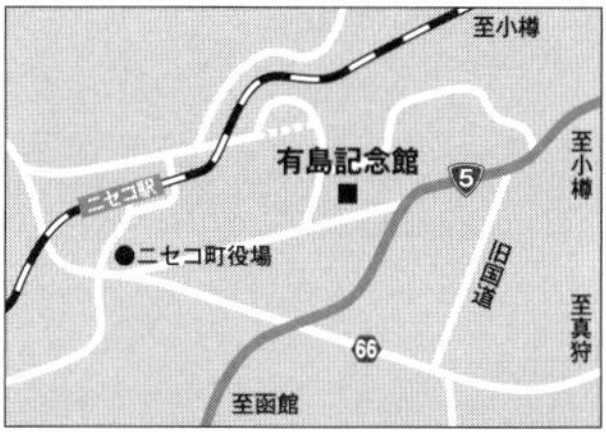

有島記念館

○ニセコ駅から徒歩30分
○タクシーで5分
○倶知安駅から道南バスで
「有島記念館前」下車徒歩5分

木田金次郎美術館

○札幌から国道5号経由、約2時間
○千歳から国道276号経由、
約2時間30分
○函館から国道5号、229号経由、
約4時間

○札幌駅前ターミナルから
北海道中央バス「高速いわない号」
2時間30分
終点「岩内ターミナル」下車

札幌芸術の森　有島武郎旧邸

大正二（一九一三）年、有島武郎が自ら設計したとされる北一二条西三丁目の自邸を、昭和六一（一九八六）年、現在地へ移築、復元。妻・安子の病気療養により有島が札幌を離れたのちは、森本厚吉宅、農林中央金庫寮、北海道大学職員寮などと所有者が変わった。文学史的にも建築史的にも貴重な遺産である邸宅内には、有島の自筆原稿、初版本、木田金次郎による絵画などが展示されている。

写真提供・札幌芸術の森

INFORMATION

住　所：〒005-0864　札幌市南区芸術の森2-75

T E L：011-592-5111

開館時間：午前9時45分～午後5時（6月1日～8月31日は午後5時30分まで）

開館日：4月29日～11月3日／無休、11月4日～11月30日／土日のみ開館

備　考：冬期間閉館（休館期間中の見学希望は、芸術の森管理課TEL：011-592-5111まで）

入館料：無料

U R L：https://artpark.or.jp/shisetsu/arishimatakeo-kyutei/

※記載したデータは2018年6月現在のものです

軽井沢タリアセン
軽井沢高原文庫　浄月庵

明治末期、有島武郎の父・武が旧軽井沢三笠に建てた別荘（浄月庵）を、平成元（一九八九）年、現在地へ移築。有島は、大正五（一九一六）年よりほぼ毎夏を浄月庵で過ごし、大正七（一九一八）年には『生れ出づる悩み』の一部を執筆する。大正一二（一九二三）年、「婦人公論」編集者・波多野秋子と心中したのが、この浄月庵だった。邸内一階はライブラリーカフェ「一房の葡萄」、二階には有島に関連する書籍が展示されている。

写真提供・軽井沢タリアセン

INFORMATION

住　所	〒389-0111　長野県北佐久郡軽井沢町長倉202-3
T E L	0267-45-1175
開　館	午前9時～午後5時
休　館	12月～2月。展示入替えによる臨時休館あり
入館料	大人（高校生以上）700円、小人（小学生以上）300円 20名以上の団体は1割引、100名以上の団体は2割引
U R L	http://www.kogenbunko.jp

※記載したデータは2018年6月現在のものです

ブックリンク

本書のあとに読みたい作品の数々。
『生れ出づる悩み』から広がる世界を楽しもう。

『生れ出づる悩み』
◎有島武郎（1918）

白樺派

実弟

愛読

交流

自身

交友もあった、同年生まれの女性歌人の作品

『みだれ髪』(1901)
◎与謝野晶子

西欧諸国周遊も経験した先駆的な歌人が、女性の生命の美しさや官能を情熱的に歌い上げた歌集。伝統的な歌壇とは一線を画す。

有島の他作品

『カインの末裔』(1918)
出世作のひとつ。ニセコの荒野を舞台背景に、粗野で無知な農民・仁右衛門が、子や馬を失う過酷な運命の中で罪を犯しながらも必死に生き延びようとする様を、旧約聖書の弟を殺したカインになぞらえ、圧倒的なリアリズムで描く。

『小さき者へ』(1918)
『生れ出づる悩み』と同じく、自伝的な側面から紡がれた短篇。幼くして母を亡くした子どもたちへのメッセージ。

『或る女』(1919)
有島の代表作。国木田独歩の妻をモデルに、ある一人の女性の悲劇的な人生を壮大なスケールで描いた作品。

白樺派の仲間の作品

『友情』(1920)
◎武者小路実篤
一人の美貌の女性を愛した、親友同士の青年二人。友情と愛情は両立するかという普遍的な問題を扱った、不朽の青春小説。

『暗夜行路』(1937)
◎志賀直哉
自分が母と祖父の不義の子であることに悩む主人公が、紆余曲折を経て大山の大自然に対峙するまでを、簡潔な文章で描いた作品。

兄弟の作品

『彼岸花』(1958)
◎里見 弴
映画監督・小津安二郎の求めに応じて書いた短篇。娘の嫁入りに戸惑う頑固親父と彼の友人たちの交流を描く。

有島が愛読した小説

『アンナ・カレーニナ』(1878)
◎レフ・トルストイ
青年将校ヴロンスキーと破滅的な恋に落ちた美貌の人妻アンナ。確執、嫉妬、猜疑心が渦巻く、壮大な人間ドラマ。

「これは読む者に衝撃を与えるほどの力強さと、涙を流させるほどの美しさを併せ持った、実に素晴らしい作品だ」
(『有島武郎全集』11巻「観想録」小玉晃一訳 筑摩書房)

『春』(1908)
◎島崎藤村
著者の自伝的小説で、教え子との愛に悩む主人公を始め、文学を志す青年たちが現実と理想のはざまで苦悩する姿を描く。

「藤村の『春』を読んでいる。青木が自殺しようとしている。青木の気持ちが痛いほどよくわかるので、ほとんど読むのを止めようかとさえ思ったくらいだ」(同上)

「どう生きるか」というテーマが、本書と類似する小説

『田舎教師』(1909)

◎田山花袋

家庭の事情で進学を諦めた主人公が、文学で身を立てたいと希望しつつ挫折し、病に倒れるまで。自然の描写など、『生れ出づる悩み』と相通じる点も多い。

北海道を舞台とし、過酷な労働状況を描いた海洋小説

『蟹工船』(1930)

◎小林多喜二

カムチャッカ沖で蟹の漁獲と加工を行なう蟹工船での、過酷な労働状況に耐える労働者の姿を描き出した作品。

北海道を舞台とし、厳しい自然の風景を描いた小説

『泥流地帯』(1977)

◎三浦綾子

大正期の北海道・上富良野を舞台に、父をなくし、母との別居を余儀なくされた若き兄弟が、十勝岳の大噴火にも負けず、人生の試練を乗り越えていく。

その他の作品

ほぼ同年生まれの海外の作家の作品

『車輪の下』(1906)

◎ヘルマン・ヘッセ

詩人になることを夢見て、もがいていたヘッセの実体験が反映された作品。将来を嘱望された少年が神学校をやめ、焦燥と後悔のうちに事故死するまで。1877 年生まれのドイツの作家(有島の一つ年上)。

『果てしなき旅』(1907)

◎エドワード・モーガン・フォースター

著者の自伝的要素のある長篇で、自由で解放的な大学生活を送る青年が、結婚と同時に精神的な危機を体験する。1879 年生まれのイギリスの作家(有島の一つ年下)。

〈編集部より〉
この作品の底本には『有島武郎全集』第三巻（1980年、筑摩書房刊）を用いました。文庫化に際し、現代の読者にとって読みやすいよう、旧字旧かなを新字現代かなづかいに、また送りがな等の一部を揃えるかたちで改め、再編集いたしました。

〈写真提供〉
本書掲載の写真で特記のないものはすべて日本近代文学館にご提供いただきました。また〈S〉マークのものは編集部による撮影です。

〈主要参考文献〉
『有島武郎全集』全15巻＋別巻　筑摩書房　1979-88年
『新潮日本文学アルバム　9　有島武郎』新潮社　1984年
『有島武郎とその農場・農団——北辺に息吹く理想』高山亮二　星座の会　1986年
『有島武郎の札幌の家』前川公美夫　星座の会　1987年
『木田金次郎——生れ出づる悩み』佐藤友哉　北海道新聞社　1987年
『作家の自伝　有島武郎』石丸晶子編　日本図書センター　1998年
『有島武郎と北海道』有島記念館　2002年
『「生れ出づる悩み」と私』木田金次郎　北海道新聞社　1994年

〈編集協力〉
有島記念館
木田金次郎美術館
札幌芸術の森
軽井沢タリアセン

筑摩書房
日本近代文学館

江南亜美子
中里和代

本文デザイン・沼田里奈

集英社文庫

生《うま》れ出《い》づる悩《なや》み

2009年6月30日　第1刷
2021年7月7日　第5刷

定価はカバーに表示してあります。

著　者　有島武郎《ありしまたけお》

発行者　徳永　真

発行所　株式会社 集英社
東京都千代田区一ツ橋2-5-10　〒101-8050
電話　【編集部】03-3230-6095
【読者係】03-3230-6080
【販売部】03-3230-6393(書店専用)

印　刷　図書印刷株式会社

製　本　図書印刷株式会社

フォーマットデザイン　アリヤマデザインストア　　マークデザイン　居山浩二

Printed in Japan
ISBN978-4-08-752054-5 C0193